DU MÊME AUTEUR

Aux Éditions Gallimard

LE PAYS DES EAUX
À TOUT JAMAIS
LA LEÇON DE NATATION
LA DERNIÈRE TOURNÉE
LA LUMIÈRE DU JOUR
DEMAIN
J'AIMERAIS TELLEMENT QUE TU SOIS LÀ

Dans la collection Folio 2 €

LE SÉRAIL ET AUTRES NOUVELLES

Du monde entier

GRAHAM SWIFT

LE DIMANCHE DES MÈRES

roman

Traduit de l'anglais
par Marie-Odile Fortier-Masek

nrf

GALLIMARD

Titre original:

MOTHERING SUNDAY. A ROMANCE

Pour Candice

« Tu iras au bal ! »

Autrefois, avant que les garçons ne passent de vie à trépas, à l'époque où il y avait plus de chevaux que d'automobiles, avant que les domestiques de sexe masculin n'aient disparu et que, à Upleigh et Beechwood, ils n'aient été contraints de se débrouiller avec juste une cuisinière et une bonne, les Sheringham possédaient non seulement quatre chevaux dans leur écurie, mais aussi ce que l'on aurait pu appeler un « vrai cheval », un cheval de course, un pur-sang. Il s'appelait Fandango. On l'avait mis en pension près de Newbury. Il n'avait jamais gagné une fichue course, mais c'était le luxe de la famille, leur espoir de célébrité et de gloire sur les hippodromes du sud de l'Angleterre. Il était entendu que Ma et Pa — plus connus dans son étrange langage comme « les chnoques » — étaient propriétaires de la tête et du corps et que Dick, Freddy et lui avaient chacun une jambe.

« Et la quatrième jambe ?

— Oh ! La quatrième... Ça a toujours été la question. »

La plupart du temps, ce n'était qu'un nom, un nom que l'on ne voyait jamais, un nom qui revenait très cher à garder dans une écurie et à entraîner. On l'avait vendu en 1915 ; né avec le siècle, il avait alors, lui aussi, quinze ans. « Avant que tu ne te pointes, Jay. » Mais un jour, il y avait très longtemps, par un petit matin de juin, ils s'étaient tous embarqués dans une étrange et folle expédition, à seule fin de le voir, de le voir, lui, Fandango, leur cheval, galoper sur les collines dénudées. À seule fin de s'accouder à la barrière et de le regarder, avec d'autres chevaux, s'élancer vers eux dans un bruit de tonnerre, puis filer, tel l'éclair. Ma, Pa, Dick, Freddy et lui. Et — qui sait ? — quelque autre partie prenante fantôme, réelle propriétaire de la quatrième jambe.

Il avait la main sur sa cuisse.

C'était la seule fois qu'elle avait vu ses yeux vaguement s'embuer. Et elle avait eu la nette intuition (et elle la garderait jusqu'à ses quatre-vingt-dix ans) qu'elle aurait pu aller avec lui — pourrait encore, comme par miracle, aller avec lui, seule avec lui — s'accouder à la barrière et regarder Fandango passer en trombe, dans un éclaboussement de boue et de rosée. Elle n'avait jamais rien vu de pareil, mais elle pouvait l'imaginer, clairement l'imaginer. Le soleil continuait à monter, disque rouge au-dessus des collines grises, l'air était encore d'une vive fraîcheur, tandis qu'il partageait avec elle une flasque au bouchon d'argent, tout en lui tripotant les fesses de façon peu discrète.

Elle le regardait, à présent, aller et venir à travers la chambre ensoleillée dans le plus simple appareil, à l'exception d'une chevalière en argent. Plus tard dans la vie, et dans la mesure du possible, elle n'emploierait pas volontiers le mot « étalon » pour qualifier un homme. Mais cela lui allait si bien. Il avait vingt-trois ans, elle vingt-deux. Et il était même ce que vous pourriez appeler un pur-sang, bien qu'à l'époque ce mot ne fît pas partie de son vocabulaire, pas plus d'ailleurs que le mot « étalon ». Sa palette verbale n'était pas encore très riche. Pur-sang : puisque c'était le « lignage » et la « naissance » qui comptaient pour ceux de son espèce. Allez savoir pourquoi.

On était en mars 1924. On n'était pas en juin, mais on s'y serait cru. Sans doute était-il un peu plus de midi. Une fenêtre était grande ouverte ; il traversa, nu, la chambre inondée de soleil, avec la même insouciance que n'importe quel animal nu. Après tout, c'était sa chambre, non ? Libre à lui d'y faire ce que bon lui semblait. Sans aucun doute. Elle n'y était jamais entrée, et n'y entrerait plus jamais.

Et elle aussi était nue.

30 mars 1924. Autrefois. Les ombres du treillis de la fenêtre glissaient sur lui tel un feuillage. Il prit un étui à cigarettes, un briquet et un petit cendrier d'argent sur la coiffeuse, se retourna, et là, sous un nid de poils noirs, sa bite et ses couilles baignées de soleil pendaient, simples appendices encore gluants. Elle pouvait les regarder à son aise, cela ne le gênait pas.

Lui aussi pouvait la regarder. Elle était allongée, nue, à l'exception d'une paire — sa seule paire — de boucles d'oreilles de pacotille. Elle n'avait pas remonté le drap. Elle avait croisé les mains sous sa nuque pour mieux le voir. Mais lui pouvait la regarder. Rince-toi l'œil. Une expression qui lui vint. Des expressions commençaient à lui venir. Rince-toi l'œil.

Dehors, le Berkshire s'étirait, lui aussi, ruisselant de verdure, bruyant de chants d'oiseaux, comblé en ce mois de mars d'une journée digne de juin.

Il continuait à s'intéresser aux chevaux. C'est-à-dire qu'il dépensait sans compter dès qu'il s'agissait d'eux. Dépenser sans compter était sa façon à lui d'économiser. Depuis près de huit ans, il avait, en théorie, de l'argent pour trois. Il appelait ça son « pognon ». Mais il se plaisait à montrer qu'il pouvait s'en passer. Et ce que tous deux faisaient ensemble depuis près de sept ans ne coûtait, ainsi qu'il le lui rappelait parfois, strictement rien. Mis à part le secret, la prise de risques, la ruse, et une aptitude mutuelle à exceller dans l'art de la dissimulation.

Toutefois, ils n'avaient jamais rien fait de tel. Jamais elle n'avait été dans ce lit auparavant — un lit d'une personne, mais spacieux. Ni dans cette chambre, ni même dans cette maison. Si cela ne coûtait rien, n'était-ce pas le plus merveilleux des cadeaux ?

Mais, si cela ne coûtait rien, que dire alors de toutes les fois où il lui avait filé une pièce de six pence ? eût-elle pu lui rappeler. Ou n'était-ce pas même trois pence ? Au tout début, avant que cela ne devînt — comment dire ? — sérieux. Mais jamais elle n'aurait osé lui en souffler mot. En tout cas, pas maintenant. Pas plus qu'elle n'aurait osé lui lancer le mot « sérieux » à la figure.

Il s'assit sur le lit à côté d'elle. Il lui passa la main sur le ventre comme pour enlever une poussière invisible, il y posa ensuite le cendrier et le briquet, garda l'étui à la main, en sortit deux cigarettes, en glissa une entre ses lèvres qui s'offraient en une lippe boudeuse. Elle avait encore les mains sous sa nuque. Il lui alluma sa cigarette, puis la sienne. Il reprit alors l'étui et le briquet, les posa sur la table de chevet et s'allongea à ses côtés, le cendrier toujours calé entre son nombril et ce qu'il n'hésitait plus, à présent, à appeler sa chatte.

Bite, couilles, chatte. Des expressions simples, du vocabulaire de base.

C'était le 30 mars. Un dimanche. Un jour que l'on appelait le dimanche des mères.

« Eh bien, Jane, on peut dire que vous avez de la chance pour ça, la journée est radieuse », avait dit Mr Niven au moment où elle apportait le café et des toasts.

« Oui, monsieur », avait-elle répondu, tout en se demandant ce qu'il entendait par « ça », en ce qui la concernait.

« Une journée vraiment radieuse », insista-t-il. Comme s'il fallait y voir quelque largesse de sa part. Puis, s'adressant à Mrs Niven : « Vous savez, si on nous avait dit qu'il allait faire un temps pareil, nous aurions aussi bien pu emporter un panier garni, pour pique-niquer... au bord du fleuve. »

Il dit cela avec une pointe de nostalgie, mais non sans enthousiasme, aussi crut-elle un instant, alors qu'elle posait le porte-toasts, qu'il pourrait bien y avoir un changement de programme et qu'on allait exiger d'elle et de Milly de préparer un repas froid. Qu'importe où *se trouvait* le panier à pique-nique, ni ce qu'elles étaient censées y mettre, la demande et le délai étaient inconsidérés. Après tout, c'était *leur* journée.

Ce à quoi Mrs Niven avait répondu en jetant un

regard méfiant du côté de la fenêtre : « Nous sommes en mars, Godfrey. »

Eh bien, elle s'était trompée. Il avait fait de plus en plus beau.

Quoi qu'il en soit, les Niven avaient leurs projets et le temps ne pouvait que s'y prêter. Ils devaient se rendre en automobile à Henley pour se joindre aux Hobday et aux Sheringham. Vu qu'ils étaient tous dans le même pétrin — ce genre de situation ne survenait qu'une fois l'an et n'affectait qu'une partie de la journée —, ils avaient prévu de se retrouver pour déjeuner à Henley, s'accommodant ainsi du désagrément momentané que constituait l'absence des domestiques.

C'était une idée — ou une invitation — des Hobday. Paul Sheringham devait épouser Emma Hobday d'ici tout juste quinze jours. Les Hobday avaient donc suggéré aux Sheringham de venir déjeuner : ce serait l'occasion de trinquer au succès de cette union et de discuter des festivités à venir, mais aussi une façon de remédier aux incommodités domestiques de ce dimanche. Et comme les Niven étaient des voisins et des amis proches des Sheringham, et seraient invités d'honneur au mariage (et qu'ils rencontraient les mêmes difficultés ancillaires), les Niven — ainsi que Mr Niven le lui avait expliqué quand il l'avait informée de ces arrangements — s'étaient laissé « embringuer ».

Cela n'avait fait que confirmer ce qu'elle savait déjà. Quelle que fût celle que Paul Sheringham épousait, il épousait l'argent. Peut-être y était-il obligé, vu son train de vie. Dans à une quinzaine de jours, les Hobday allaient financer un mariage en grande pompe, alors franchement, à quoi bon célébrer avant l'heure ? Sauf si vous étiez pleins aux as. Cela n'exigerait rien de moins que du champagne. Lorsque Mr Niven avait mentionné le panier à pique-nique, sans doute s'était-il demandé jusqu'à quel point, ce jour-là, il pouvait compter sur la générosité des Hobday ou jusqu'à quel point il devrait y aller de sa poche.

Même si cela ne la concernait pas, l'idée que les Hobday fussent pleins aux as lui plaisait. Qu'Emma Hobday pût être cousue de billets de cinq livres, que ce mariage fût un moyen élaboré de se procurer du « pognon » lui plaisait ou, plutôt, la consolait. C'était tout ce que cela pouvait entraîner d'autre — alors même que Mr Niven lui expliquait les raisons pour lesquelles sa femme et lui s'étaient laissé « embringuer » — qui la rongeait.

Mister Paul et Miss Hobday seraient-ils des leurs ? Si vital que cela fût pour elle de le savoir, elle ne pouvait poser la question directement. Et Mr Niven ne lui fournit pas ce renseignement de lui-même.

« Pouvez-vous faire part de ces dispositions à Milly ? Bien entendu, tout cela ne devrait pas affecter... vos propres projets. »

Il n'avait pas souvent l'occasion de dire chose pareille.

« Bien sûr, monsieur.

— Un jamboree à Henley, Jane ! Une rencontre entre tribus. Espérons que le temps sera de la partie. »

Elle n'était pas trop sûre de ce que « jamboree » signifiait, mais elle avait l'impression d'avoir lu le mot quelque part, n'était-ce pas une sorte de fête ?

« Je l'espère aussi, monsieur. »

Cette fois, le temps était vraiment de la partie et, en dépit de ses premières hésitations, Mr Niven semblait de plus en plus guilleret. Il conduirait lui-même. Il avait déjà annoncé qu'ils pourraient aussi bien partir de bonne heure, ce qui leur permettrait de prendre le chemin des écoliers et de profiter d'une aussi belle matinée. Apparemment, il ne passerait pas au garage demander à Alf — pour une somme décente — de jouer les chauffeurs — il était très convaincant dans ce rôle. De toute façon, comme elle l'avait constaté au cours des dernières années, Mr Niven aimait conduire. Il préférait même le plaisir de conduire à la fierté d'être conduit. Cela réveillait le petit garçon en lui. Et, comme il ne cessait de le répéter sur tous les tons, allant de la bravade à la lamentation, les temps changeaient.

Autrefois, après tout, les Niven auraient retrouvé les Sheringham à l'office du dimanche.

Le mot « tribus » avait suggéré chaleur et plein air. Elle savait que ce serait le George Hotel à Henley. Ce ne serait pas un pique-nique. Et, dans la mesure où l'on était encore en mars, on aurait même pu s'attendre à de méchantes bourrasques, ou à de la neige. Cependant, la matinée était estivale et Mrs Niven quitta la table pour aller se préparer.

Même à présent que Mr Niven était seul, ce qui eût été un moment propice, elle ne pouvait se résoudre à demander : « Est-ce que Miss Hobday et... », phrase dans laquelle on aurait pu voir la simple curiosité d'une domestique. Le mariage à venir n'était-il pas l'unique sujet de conversation ces temps-ci ? Et elle ne pouvait certes pas dire : « Sinon, quels autres projets ces deux-là peuvent-ils bien avoir ? »

Si elle avait été la moitié d'un couple de fiancés — du moins celle de Paul Sheringham —, elle n'aurait pas eu la moindre envie, pensait-elle, d'assister, deux semaines avant son mariage, à un jamboree familial à Henley et d'être ainsi livrée aux empressements de la vieille génération (de ceux qu'il aurait sans doute appelés — elle croyait le voir parler cigarette à la bouche, les yeux plissés en une grimace de dégoût — « trois couples de foutus chnoques »).

De toute façon, faute d'obtenir de plus amples renseignements, elle se retrouvait avec le problème qui l'affectait plus particulièrement ce jour-là, comme le savait Mr Niven : comment profiter de sa journée ? Aujourd'hui, il était même douloureusement particulier. Et ce temps radieux n'arrangeait pas vraiment les choses. Avec deux semaines d'avance, il ne semblait qu'accentuer une ombre.

Le moment venu, elle dirait à Mr Niven que si lui, si lui et Mrs Niven n'y voyaient pas d'inconvénient, elle n'irait peut-être nulle part. S'ils étaient d'accord, elle resterait simplement ici, à Beechwood, elle lirait un livre — « son livre », comme elle dirait, bien qu'il appartînt à Mr Niven. Elle s'assiérait quelque part au soleil, dans le jardin.

Elle savait que Mr Niven ne pouvait qu'approuver un projet aussi innocent. Peut-être même cette image le séduirait-elle. Il allait de soi que cela signifiait qu'elle serait prête à reprendre son service dès leur retour. Elle trouverait de quoi se sustenter à la cuisine. Peut-être, avant de partir, Milly lui préparerait-elle un sandwich. Ainsi aurait-elle son propre « pique-nique ».

Et il aurait fort bien pu en être ainsi. Le banc dans le

coin, près du cadran solaire. Des bourdons leurrés par le beau temps. Le magnolia déjà tout en fleur. Son livre sur les genoux. Elle savait quel livre ce serait.

Oui, elle soumettrait son idée à Mr Niven.

Mais le téléphone avait sonné et — cela relevant de ses innombrables devoirs — elle avait couru répondre. Et son cœur avait bondi. C'était là une de ces phrases qu'on lit dans les livres, mais cela vous arrivait parfois pour de vrai. Dans son cas, c'était vrai. Son cœur avait bondi comme celui d'une héroïne de roman en difficulté. Il s'était envolé, comme les alouettes qu'elle entendrait chanter tout à l'heure, pointant en flèche vers la voûte du ciel bleu, alors qu'elle pédalait en direction d'Upleigh.

Elle avait cependant veillé à dire bien fort dans le récepteur, de sa plus belle voix de téléphone qui seyait à une domestique tout en étant un tantinet altière : « Oui, madame. »

Des cloches d'église se mêlaient au chant des oiseaux. Des bouffées d'air tiède entraient par la fenêtre. Il n'avait pas tiré les rideaux, même par égard pour elle. Égard pour elle ? Et d'ailleurs, à quoi bon ? La chambre donnait sur des arbres, de la pelouse et du gravier. Le soleil ne faisait que se féliciter de leur nudité, retirant tout mystère à ce qu'ils faisaient, si secret cela fût-il.

Et de toutes ces années de — comment appeler ça ? d'intimité ? de mutuelle familiarité ? — jamais ils n'avaient été aussi nus.

Rince-toi l'œil, avait-elle osé penser, telle une beauté

introduite en catimini. Était-elle une beauté? Elle avait les jointures des doigts rouges, les ongles usés de sa condition. Elle devait être échevelée. Des mèches lui collaient au front. Toutefois, elle avait quelque peu ressenti son impérieuse impudence — comme si, lui, eût été le domestique qui lui apportait une cigarette.

À peine deux heures plus tôt, elle l'avait appelé « madame », puisque la voix à l'autre bout du fil était la sienne, et, si la jeune servante en elle avait soudain manqué défaillir, elle avait eu de la présence d'esprit. La porte de la salle du petit déjeuner était ouverte. Mr Niven était toujours occupé à tartiner ses toasts de confiture. Le combiné lui avait transmis des instructions rapides, concises, rigoureuses, qu'elle ponctuait de: « Oui, madame... Non, madame... Je vous en prie, madame. »

Son cœur avait bondi. Rince-toi l'œil. Le début d'une aventure.

Moins d'une heure plus tard, elle était descendue de bicyclette, il avait ouvert la porte de devant — rien de moins que la grande porte comme si elle eût été une authentique visiteuse et lui, un premier valet de pied —, ils avaient ri parce qu'elle l'avait appelé « madame ». Ils avaient ri quand elle avait répété alors qu'il la faisait entrer: « Merci, madame. » Et lui de répondre: « Tu es futée, Jay, tu sais. Vraiment futée. » C'était sa façon de la complimenter. Comme s'il lui révélait quelque chose qu'elle n'aurait sans doute jamais imaginé.

Oui, elle était futée. Assez futée pour savoir qu'elle l'était plus que lui. Et elle l'avait toujours été, surtout les premiers temps. Qu'elle le surpassât en astuce et, d'une certaine façon, qu'elle le commandât, c'était ce qu'il voulait, elle le savait. Pas question, bien sûr, d'en souffler mot, ni de l'insinuer. Jamais elle ne renoncerait, fût-ce à quatre-vingt-dix ans, à sa courtoisie innée. Il ne fallait pas oublier son autorité princière. C'était lui qui faisait la loi, non ? Et ce depuis près de huit ans. Libre à lui de faire ce qu'il voulait. De faire d'elle ce qu'il voulait. Oh oui, il avait tout d'un prince. Elle l'avait aidé à en prendre l'habitude.

Pourtant, dans le vestibule, il l'avait qualifiée de « futée » et cela presque avec une humilité contrite, comme si, de toute évidence, il était un imbécile, un cas désespéré. Dehors, des jonquilles ourlaient d'un ruban éblouissant l'allée de gravier et, à l'intérieur, au fond du hall, des volutes de fleurs blanches, lumineuses, émergeaient d'un grand vase. La porte s'était alors refermée derrière elle et elle s'était retrouvée seule avec lui à Upleigh House, un dimanche, à onze heures du matin. Une première.

« Qui était-ce, Jane ? » avait demandé Mr Niven. Le « madame » avait dû lui faire croire qu'il s'agissait de Mrs Sheringham ou de Mrs Hobday signalant un changement de programme.

« Une erreur de numéro, monsieur.

— Ah bon ? Un dimanche ? » s'était étonné plutôt bêtement Mr Niven.

Là-dessus, tout en jetant un coup d'œil à l'horloge et en roulant sa serviette, il avait émis une petite toux affectée.

« Écoutez, Jane, une fois que vous aurez fait la vaisselle

et rangé les affaires du petit déjeuner, vous pourrez partir. Milly aussi. Mais, tout d'abord... »

En disant cela, il avait exhibé, l'air gêné, la demi-couronne qu'il lui réservait, comme elle le savait, et qui méritait une inclinaison de tête plus marquée.

« Merci, monsieur. C'est très aimable à vous.

— Eh bien, vous avez une journée magnifique pour ça », avait-il répété et, à nouveau, un peu troublée, elle s'était demandé ce qu'il entendait par « ça ».

Il s'était contenté de la regarder d'un air interrogateur, mais non pas inquisiteur. Puis il s'était levé lentement, presque avec solennité.

Étrange coutume que ce dimanche des mères en perspective, un rituel sur son déclin, mais les Niven et les Sheringham y tenaient encore, comme tout le monde d'ailleurs, du moins dans le bucolique Berkshire, et cela pour une même et triste raison : la nostalgie du passé. Ainsi, les Niven et les Sheringham tenaient-ils sans doute encore plus les uns aux autres qu'autrefois, comme s'ils s'étaient fondus en une seule et même famille décimée.

Cette coutume était étrange dans le cas de Jane pour une autre raison, ce qui, outre la demi-couronne, suscitait chez Mr Niven raclements de gorge et politesses.

« Milly prendra la Première Bicyclette et la laissera à la gare pour le retour. Et vous, Jane... ? »

Il n'y avait plus de chevaux, mais des bicyclettes. Les deux vélos en question étaient quasiment identiques — celui de Milly était pourvu d'un panier un peu plus grand — mais on les nommait scrupuleusement la « première » et la « deuxième » bicyclette. En vertu de son ancienneté, Milly avait droit à la première.

Elle-même utiliserait la deuxième, ce qui lui permettrait de gagner Upleigh en une quinzaine de minutes. Encore fallait-il régler la question d'une autorisation dans les formes, et sûrement pas pour aller à Upleigh.

« Avec votre permission, monsieur, j'irai faire un tour. Sur la Deuxième Bicyclette.

— C'est ce que j'avais prévu, Jane. »

Elle aurait tout aussi bien pu dire « ma » bicyclette, mais Mr Niven était très pointilleux sur cette histoire d'appellation et elle avait fini par s'y faire. Milly lui avait raconté que les « garçons » — Philip et James — avaient eu autrefois des bicyclettes (en plus de chevaux) connues sous le nom de la Première et de la Deuxième Bicyclette. Les garçons avaient disparu, leurs vélos aussi, mais pour quelque étrange raison la tradition de la « première » et de la « deuxième » s'était perpétuée jusqu'aux bicyclettes des deux domestiques, même si celles-ci étaient de toute évidence des versions pour dames, c'est-à-dire sans barre. Milly et elle ne pouvaient être qualifiées de dames, mais, à certains égards, elles représentaient, d'une manière persistante, les pâles fantômes de Philip et James.

Elle n'avait pas connu Philip et James, à la différence de Milly qui, elle, les avait connus jadis et avait cuisiné pour eux. Et Milly avait connu jadis « son gars », qui avait disparu de la même façon que Philip et James, voire dans ce même et redoutable coin de France. Son gars s'appelait Billy. Milly n'employait pas souvent son nom — l'expression « mon gars » était devenue aussi obligatoire que la « première » et la « deuxième » bicyclette —, il était donc difficile d'évaluer à quel point elle l'avait réellement connu. Toujours est-il que s'ils s'étaient mariés, on les aurait appelés Milly et Billy. Peut-être « son gars » était-il une invention de Milly, une fable que personne ne pouvait ni ne souhaitait réfuter. La guerre avait servi à toutes sortes de fins.

Autrefois... Un jour, Jane Fairchild, la nouvelle bonne, était arrivée à Beechwood au lendemain d'une grande bourrasque dévastatrice. Comme tant d'autres, la famille avait été brutalement réduite, de même que le train de vie et le nombre de domestiques. À l'heure actuelle, il n'y avait plus qu'une cuisinière et une bonne. En théorie, étant donné son ancienneté, Milly avait été promue cuisinière et gouvernante, mais elle se cramponnait à son rôle initial, aussi la nouvelle venue, si inexpérimentée fût-elle, assumait-elle la plupart des tâches ménagères.

Cela ne la dérangeait pas. Elle adorait Milly.

Milly n'était que de trois ans son aînée, mais il semblait que la perte de « son gars » lui avait très vite fait prendre de l'embonpoint, adopter un air de sagesse farfelue, et du même coup devenir la mère qu'elle avait, sait-on jamais, toujours voulu être. « Son gars » finissait même par suggérer qu'elle aurait pu être la mère du malheureux garçon.

Et aujourd'hui, à supposer que sa bicyclette supporte son poids jusqu'à la gare, Milly la cuisinière irait voir sa mère.

« Mais bien sûr que vous avez ma permission, Jane », avait dit Mr Niven en insérant sa serviette dans son rond en argent. Lui demanderait-il où elle comptait aller ?

« La Deuxième Bicyclette est à votre disposition et vous avez — hum — deux shillings et six pence en poche. Tout le comté s'offre à vous. Tant que vous revenez... »

Puis, comme s'il enviait vaguement la grande liberté qu'il venait de lui accorder, il avait ajouté : « C'est votre jour de congé, Jane. À vous — hum — d'en user à votre convenance. » Il savait, à présent, qu'une phrase comme celle-là ne lui passerait pas au-dessus de la tête — peut-être même fallait-il y voir un discret hommage à son goût pour la lecture. Milly, elle, n'aurait sans doute pas compris le mot « convenance ».

Il ne pouvait certes pas sous-entendre autre chose.

On était le 30 mars 1924. Le dimanche des mères. Milly avait une mère chez laquelle elle pouvait aller, mais la bonne des Niven n'avait que sa liberté, avec en prime une demi-couronne. Là-dessus, le téléphone avait sonné, bouleversant ses projets. Non, elle ne pique-niquerait pas.

Et c'était, bien sûr, au-delà de ses espérances car, même si Mister Paul et Miss Hobday ne participaient pas à la réunion de Henley, restait à savoir comment ils passeraient la journée ensemble. Une question encore en suspens.

Chacun avait sa voiture, elle le savait. Les jeunes de leur milieu pouvaient en posséder une à présent. Parlant de celle de sa fiancée, il l'appelait parfois

« l'Emmamobile ». Tous deux auraient à user de la journée « à leur convenance » et, avec un peu d'habileté, ils pourraient, s'ils le souhaitaient, disposer de l'une ou l'autre des deux demeures obligeamment vidées de leurs occupants. À bien y réfléchir, il y aurait ce jour-là, dans tout le pays, pléthore de maisons temporairement vacantes et disponibles pour des rendez-vous secrets. Et si elle connaissait Paul Sheringham...

Précisément. Elle le connaissait, tout en ne le connaissant pas. Sous certains aspects, elle le connaissait mieux que quiconque — ça, elle en serait toujours certaine — tout en sachant que personne ne devait jamais savoir jusqu'à quel point elle le connaissait. Cependant, elle le connaissait assez bien pour savoir sous quels aspects il était difficile à connaître. Elle ignorait ce qu'il pensait, allongé là, nu, à ses côtés. Elle se disait souvent qu'il ne pensait à rien.

Elle ignorait comment il se conduisait avec Emma Hobday. Elle ignorait à quel point Emma Hobday — Miss Hobday — le connaissait. Elle ne connaissait pas Emma Hobday. Comment eût-elle pu la connaître? Elle ne l'avait aperçue qu'une ou deux fois. Elle savait qu'elle était jolie. C'était le genre de femme que l'on pouvait comparer à une fleur et qui, pour ses tenues, affectionnait les tissus fleuris. Mais elle n'avait aucune idée de ce qu'elle pouvait être... sous les fleurs, dirons-nous. Et comment aurait-il pu en être autrement? Paul parlait à peine d'elle, même s'il allait l'épouser. Et bien que cela lui montrât qu'elle était loin de connaître Paul Sheringham, elle voyait là un mystère réconfortant.

Bizarre, mais on aurait cru que plus leur mariage approchait, et moins Paul Sheringham et Miss Hobday passaient de temps ensemble. Elle avait entendu dire que les fiancés n'étaient pas censés se voir pendant toute une journée (ou était-ce juste une nuit ?) avant les épousailles, mais, dans leur cas, il s'agissait d'une sorte de version élargie de cette coutume et cela durait depuis un certain temps déjà. Il ferait mieux de se comporter davantage en futur mari empressé.

Une expression lui était donc venue, une expression elle aussi empruntée, semblait-il, à un livre et qui, soudain, prenait un sens. « mariage arrangé ».

Elle ne pouvait espérer mieux. Non que cela lui fût d'un grand secours. Quoi qu'il en soit, si, pour quelque raison alliant les fleurs à l'argent, il glissait vers un tel compromis, alors cette journée — s'était-elle dit tandis qu'elle servait le petit déjeuner et que Mr Niven parlait de panier de pique-nique —, oui, cette journée qu'inaugurait un soleil si prometteur était peut-être la dernière chance. Une dernière chance pour lui ? Une dernière chance pour elle ? Mais non pour eux.

En tout cas, elle s'apprêtait à le perdre. Et lui, s'apprêtait-il à la perdre ? Elle n'avait pas le droit de s'attendre à ce qu'il vît les choses ainsi. Et elle, avait-elle aucun droit de se dire qu'elle le perdait ? Elle ne l'avait jamais vraiment possédé. Et pourtant si.

Elle ignorait ce que ce serait de le perdre, elle refusait d'y penser, si inéluctable cela fût-il. Peut-être que tout ce qui lui venait à l'esprit en ce matin du dimanche des mères alors qu'elle resservait du café à Beechwood, c'était que s'il manœuvrait bien ce jour-là, elle voulait qu'il manœuvre avec elle. On pouvait toujours rêver... Le téléphone avait alors sonné. « Erreur de numéro. » Son cœur avait bondi.

« Les chnoques ne vont pas tarder à partir. Je serai seul ici. Onze heures. À la porte de devant. »

Des précisions transmises en un murmure décidé, comme s'il se représentait dans le détail la situation dans laquelle elle se trouvait, jusqu'à la porte ouverte de la salle du petit déjeuner. C'était un ordre, un ordre sec, mais qui avait tout transformé. Et elle avait écouté, ou donné l'impression d'écouter avec une patience polie comme s'il se fût agi de quelque correspondant stupide et bavard qui ne s'était pas encore aperçu de son erreur.

« Je suis vraiment désolée, madame, mais vous faites erreur. »

Ah ! Elle en avait appris des choses en sept ans ! Jusqu'à imiter le ton de leur « vraiment ». Et bien d'autres. Restait toutefois à ce qu'elle se fasse à l'idée qu'ils se trouvaient seuls, tous les deux, dans la maison vide. Cela n'était encore jamais arrivé. Jamais encore on ne l'avait priée de se présenter à la porte de devant. Même si parfois, les premiers temps, cela avait pu indiquer le genre de rapports qu'il souhaitait.

« Je vous en prie, madame. »

Sans doute les bruits masticatoires de Mr Niven faisant un sort à son toast à la confiture avaient-ils couvert le brio avec lequel elle s'était tirée d'affaire.

« Une erreur de numéro », avait-elle expliqué. Là-dessus, il l'avait gratifiée d'une demi-couronne.

Et supposez qu'il ait su le genre de choses qu'elle avait faites autrefois pour Paul Sheringham — à Paul Sheringham —, oui, et pour seulement six pence, voire moins... Puis, par la suite, pour rien, rien du tout, leur intérêt mutuel dans la transaction annulant tout besoin de rémunération.

Pourtant, lorsque à quatre-vingts ou quatre-vingt-dix ans on lui demandait, comme c'était le cas, même dans des interviews en public, de se remémorer sa jeunesse, elle estimait pouvoir honnêtement déclarer (ce que, bien entendu, elle ne fit jamais) que dans la vie l'une des premières situations dans lesquelles elle s'était retrouvée avait été celle de prostituée. Orpheline, bonne, prostituée.

Il fit tomber de la cendre dans le cendrier qui décorait son ventre.

Et amante secrète. Et amie secrète. Il le lui avait dit un jour : « Tu es mon amie, Jay. » Et d'un ton si solennel ! Elle en avait été toute grisée. Jamais personne ne l'avait appelée ainsi ni de façon aussi catégorique. Comme s'il disait qu'il n'avait pas d'autre ami, qu'en fait il venait juste de découvrir ce qu'était un ami ou une amie. Et elle ne devait parler à personne de cette révélation.

Elle en était tout étourdie. Elle avait dix-sept ans. Elle n'était plus une prostituée. Amie. Peut-être était-ce mieux que « amante ». Non que ce terme eût appartenu à son vocabulaire ou lui fût seulement venu à l'esprit. Des amants, oui, elle en aurait. À Oxford. Et même beaucoup, elle s'en ferait un point d'honneur. Mais combien d'entre eux seraient-ils des amis ?

Et Emma Hobday, sa future épouse, était-elle l'amie de Paul ?

Toujours est-il qu'en tant qu'amis, voire amants, ou simplement en tant que le jeune Mister Paul et la nouvelle bonne de Beechwood qu'il avait repérée, un jour, au bureau de poste de Titherton, ils avaient fait des tas de choses ensemble, dans des tas de lieux secrets. En prenant des raccourcis et en passant, nécessairement, par le jardin, les deux maisons étaient à peine distantes d'un kilomètre et demi. La serre et la partie désaffectée de l'écurie leur avaient servi, entre autres, de cachette. Ils avaient été guidés par une intuition étrangement fiable — on ne pouvait guère parler de carnet de rendez-vous — qui était devenue habituelle, une télépathie qui ne saurait exister qu'entre vrais amis. Ils prétendaient que tout arrivait par hasard, mais ils savaient qu'il n'en était rien.

Ils étaient donc vraiment amants ?

Quoi qu'il en soit, il y avait dans leur expérimentation une telle intensité, une si étrange gravité ou, du moins, une si mauvaise conscience (autour d'eux, le monde était en deuil), qu'il avait fallu compenser par quelque élément de légèreté : le rire. En fait, on aurait dit parfois que faire rire l'autre était le véritable but — un but dangereux, vu qu'il ne fallait surtout pas qu'on les découvre.

Le plus curieux était que même en ce jour, malgré ses manières affables, ses airs supérieurs, son étui à cigarettes en argent, il retenait un petit rire. Même maintenant qu'ils étaient devenus des amants accomplis, dégourdis, appliqués, accros à leurs ébats. Ce rire pouvait encore jaillir, à l'improviste, de sa façade policée, un rire explosif, cacophonique, comme si un moule avait volé en éclats.

Mais, pour le moment, il était nu, il n'y avait pas de

moule à faire voler en éclats. Et pour quelle raison aurait-il ri ? C'était leur dernier jour.

Elle avait filé de Beechwood à Upleigh sur sa bicyclette. Enfin, Mr et Mrs Niven n'étant pas encore partis, elle avait veillé à ce qu'on ne la vît pas se hâter ni mettre le cap en direction d'Upleigh. Au portail, elle avait tourné nonchalamment à droite, et non pas à gauche. Deux virages plus loin, elle avait foncé.

Près d'Upleigh, au lieu, comme à l'habitude, de s'approcher de la maison par l'arrière, de traverser le jardin, de cacher son vélo dans la haie d'aubépine, puis de continuer à pied d'un pas alerte, elle avait pris la grand-route, franchi hardiment le portail et remonté l'allée à bicyclette, entre les rangées de tilleuls et la houle de jonquilles.

Telles étaient ses instructions — ce qu'il lui avait ordonné. La porte de devant. Ce n'est qu'au moment où elle tourna pour franchir le portail qu'elle prit conscience du caractère exceptionnel de ces consignes, du cadeau sans précédent qu'elles représentaient. Oui, c'était bien son jour. La porte de devant ! Et il devait avoir voulu guetter son entrée, car à peine eût-elle arrêté son vélo près du porche que la porte de devant — ou plutôt l'une d'elles, il y avait deux battants imposants peints d'un noir vernissé — s'ouvrit comme par magie.

Elle n'était pas certaine, mais elle l'apprendrait vite, que sa chambre donnait sur l'allée. Si elle l'avait cherché du regard, sans doute l'eût-elle entraperçu à la fenêtre ouverte du premier étage. Quoi qu'il en soit, il surgit soudain, de derrière cette porte apparemment automatique, pour se faire appeler « madame », tandis que lui l'appellerait « futée ». Elle s'était hâtée d'appuyer sa bicyclette contre la façade. Avec ses dalles noires et blanches, le hall qui faisait suite au vestibule rappelait un échiquier ; on y apercevait des gerbes de fleurs d'un blanc intense.

« Les orchidées rares, la fierté de ma mère. Mais nous ne sommes pas ici pour les admirer. »

Là-dessus, il la conduisit — ou plutôt la guida, une main sur son postérieur — en haut de l'escalier.

Elle aurait pu alors être appelée « madame » à son tour car, une fois dans la chambre, il commença presque aussitôt à la déshabiller comme il ne l'avait encore jamais fait — ou plutôt comme il n'avait encore jamais eu l'occasion de le faire. D'ailleurs, à proprement parler, l'avait-il jamais « déshabillée » ?

« Mets-toi ici, Jay. Tiens-toi tranquille. »

Il la voulait immobile, semblait-il, juste debout, à mesure que ses doigts dégrafaient et détachaient ses vêtements qu'il laissait tomber autour d'elle. Ce n'était pas si différent du service qu'elle rendait parfois à Mrs Niven quand celle-ci lui demandait d'une voix lasse de la « défaire ». Si ce n'est, devait-elle reconnaître, qu'il accomplissait cette tâche avec une déférence qu'elle n'aurait jamais eue envers Mrs Niven. Un dévoilement. Jamais elle ne l'oublierait.

« Ne bouge pas, Jay. »

Elle pouvait en profiter pour promener son regard dans cette pièce étonnante où elle n'était encore jamais entrée. Une coiffeuse pourvue d'un miroir à trois faces et encombrée de petits objets, en argent pour la plupart.

Un fauteuil recouvert d'un tissu à rayures or et crème. Des rideaux assortis tout à fait tirés (pendant qu'il la déshabillait !) qui remuaient doucement. Une fenêtre ouverte. Un tapis gris-bleu, couleur de la fumée de cigarette piégée dans un rayon de ce soleil qui entrait à flots. Un lit.

« C'est quoi ça, Jay ? Ton trésor caché ? »

Ses doigts avaient trouvé quelque chose dans les replis de ses vêtements.

Une demi-couronne.

C'était le dimanche des mères, en 1924. Mr Niven l'avait en effet regardée s'éloigner sans se hâter sur son vélo, puisqu'il venait d'avancer la Humber jusqu'au perron pour attendre Mrs Niven. Elle supposait que, la plupart du temps, Mr Niven défaisait Mrs Niven quand celle-ci n'y parvenait pas seule. Quel mot, « défaire » ! Elle supposait que Mrs Niven disait parfois : « Godfrey, pourriez-vous me défaire ? » d'un ton différent de celui qu'elle aurait employé avec sa bonne. Ou qu'il arrivait à Mr Niven de lui demander, sur un ton non moins différent : « Voulez-vous que je vous défasse, Clarissa ? »

Elle supposait que, de temps à autre, il leur arrivait encore de... même s'ils avaient perdu deux « vaillants garçons » près de huit ans plus tôt. En fait, elle ne le supposait pas. Elle en avait la preuve, à l'occasion. Elle changeait les draps.

Elle ne savait pas, fût-ce en ce dimanche des mères, ce que cela devait être pour une mère de perdre deux fils en l'espace de deux mois, semblait-il. Ni ce que cette mère pouvait ressentir en pareil dimanche. Ni l'un ni l'autre ne reviendrait à la maison lui offrir un petit bouquet ou des gâteaux aux raisins et aux amandes, n'est-ce pas ?

Mais Paul Sheringham se marierait dans quinze jours et il était le seul fils qui restait. Bien entendu, les Niven assisteraient à la cérémonie. Paul était le chouchou des deux familles (et Dieu sait qu'il le savait !).

Pour le moment, et par ce beau soleil printanier, assis côte à côte, Mr et Mrs Niven devaient faire route en direction de Henley. Sur son vélo ferraillant, Milly avait franchi la première le portail de Beechwood pour attraper le 10 h 20 à Titherton. Et, en dehors d'eux, cette maison, Upleigh, était obligeamment vide, puisque Mr et Mrs Sheringham — les « chnoques » — étaient eux aussi partis à Henley et que Paul Sheringham, en personne, avait conduit la cuisinière et la bonne — Iris et Ethel — à la gare de Titherton.

Il ne le lui dit que maintenant, alors qu'il la déshabillait — ou plutôt, puisqu'elle s'était vite retrouvée nue dans la chambre ensoleillée, alors qu'en retour elle commençait à le « défaire », lui.

« J'ai déposé Iris et Ethel à la gare. »

À quoi bon en parler ? Cela avait-il un rapport avec ce qu'ils faisaient à présent ? Qui plus est, cela n'était guère nécessaire, se dirait-elle plus tard. Par une matinée comme celle-ci, Iris et Ethel auraient été très contentes de s'y rendre à pied. Upleigh était encore plus près de la gare de Titherton que Beechwood.

Était-ce là sa façon d'expliquer pourquoi cet appel de dernière minute s'était fait si affreusement attendre? Ou de l'assurer que la maison était à eux deux, en toute tranquillité? Il s'était débarrassé lui-même du personnel.

Mais il le lui avait annoncé avec un sérieux inhabituel, comme s'il avait voulu, se dirait-elle plus tard, en ce jour unique entre tous, où c'était le monde à l'envers, se placer, lui, seigneur des seigneurs qu'il était, dans le rôle du serviteur. Non seulement lui avait-il offert sa maison, lui en avait-il ouvert la porte sans objection aucune ou l'avait-il déshabillée comme s'il eût été son esclave, mais il avait aussi, et de la même manière, rendu service à des domestiques, traité avec bonté ses pareilles.

« Pour le train de 9 h 40. Je les ai emmenées dans la Ma-Pa-mobile. »

Laquelle, à présent, était sans doute déjà garée quelque part à Henley. Sa propre voiture, encore dans l'écurie reconvertie en garage, était un de ces coupés nerveux, décapotables, conçus, en réalité, pour deux personnes.

Peut-être les conduisait-il tous les ans à la gare? Une tradition chez les Sheringham? Mais voici qu'il ajouta: « Je voulais leur faire des adieux dans les règles. »

Des adieux dans les règles? Sans doute seraient-elles de retour à l'heure du thé! Elles ne partaient pas pour toujours.

Fallait-il voir là un moyen détourné de lui dire qu'il l'avait fait pour elle? Des adieux dans les règles. Elle n'y avait guère réfléchi sur le moment, vu que, sitôt ses vêtements à lui étalés avec les siens sur le fauteuil, ils s'étaient dirigés sans plus de façons vers le lit.

Mais elle y repenserait par la suite. Toute sa vie, elle

imaginerait la scène : les deux femmes, intimidées, silencieuses, à l'arrière de la berline noire qu'il conduisait tel un chauffeur de maître. Arrivé dans la cour de la gare, peut-être avait-il ouvert les portières et les avait-il aidées à descendre avec cette même aimable prévenance qu'il avait déployée pour la déshabiller. Qui sait si les filles ne s'étaient pas attendues à ce qu'il leur donne à chacune un baiser sur la joue.

Toute sa vie, elle essaierait de revoir cet épisode, de revivre ce dimanche des mères, même après que la tradition se fut perdue et que sa raison d'être fut devenue une curiosité historique, une coutume d'une autre époque. Au moment où il les déposait, la fumée blanche du 9 h 40 s'élevait sans doute déjà dans le ciel bleu vif. Sur le quai, deux ou trois autres femmes comme Iris et Ethel s'apprêtaient sans doute, elles aussi, à entreprendre des voyages de ce genre (Milly, la cuisinière, ne partirait, elle, qu'à 10 h 20).

Toutes ces bonnes. Toutes ces mères qui sortaient leur plus belle vaisselle. Toutes ces bonnes qui avaient une mère à aller voir.

Oui, elle la connaissait, la bonne d'Upleigh. Elle s'appelait Ethel Bligh. Une pauvre petite souris. Elle avait échangé quelques mots avec Ethel — elles se rencontraient chez Sweeting, l'épicier de Titherton —, des mots que l'on pouvait difficilement appeler conversation et qui n'allaient jamais jusqu'aux commérages. La cuisinière d'Upleigh était une femme corpulente du genre de Milly, Ethel était mince et agile, plutôt de son genre à elle. Avec une Ethel différente, elle aurait peut-être non seulement cancané — chacune appuyée sur son vélo, devant chez Sweeting — mais aussi plaisanté et ri, oh ! juste un peu, comme cela lui arrivait avec Paul Sheringham.

Même dans ce cas, elle n'aurait jamais raconté à cette autre Ethel ce qu'elle fabriquait avec Mister Paul. De toute façon, cette autre Ethel l'aurait su, l'aurait déjà deviné. Ou plutôt, cette autre Ethel l'aurait eu en premier, à moins que lui ne l'ait eue en premier, vu qu'ils vivaient sous le même toit, ce qui facilitait les choses.

Ce n'était donc pas plus mal, en fait, qu'Ethel ne fût pas cette autre Ethel, mais une brave petite bonne qui faisait sans trop d'efforts ce que l'on attendait toujours de ses semblables : fermer les yeux, se boucher les oreilles et, surtout, tenir sa langue.

Aujourd'hui, Ethel se rendait peut-être chez sa mère dans le même esprit de soumission qu'elle avait montré jadis, lorsqu'elle avait proposé ses services à Mrs Sheringham. Les deux démarches tendaient à se confondre.

Est-ce qu'Iris et elle cancanaient ? Sans aucun doute. Après leur trajet silencieux en voiture, une fois dans le train, leurs langues s'étaient-elles soudain déliées ? Qu'est-ce qui lui avait pris de les emmener ? Serait-ce parce qu'il allait se marier et bientôt... les quitter ?

Ou avaient-elles sombré dans un silence encore plus profond, faute d'avoir l'habitude de se trouver dehors, dans le monde, faute aussi de se souvenir qu'elles avaient une vie à elles et même une mère ? Ou s'étaient-elles contentées, bouche bée et en clignant des paupières, de regarder défiler le paysage anglais baigné de soleil et parsemé de moutons ?

Pendant que Paul Sheringham la déshabillait religieusement.

« Tiens-toi tranquille, Jay. »

Tout en la déshabillant, et comme pour répondre à une autre question silencieuse de sa part, il avait dit : « Je bûche, Jay. Voilà à quoi je m'occupe pour le moment. Je bûche mon droit. » De quoi les faire tous deux pouffer de rire, mais tel n'avait pas été le cas. Cela avait été dit avec une insistance à visée didactique, comme si, pour peu qu'on le lui demande — ou qu'on l'interroge —, c'était ce qu'elle était censée répondre, oui, c'était cela qu'ils avaient fait.

« Bûcher » passerait dans son code intime et inavouable, couvrant l'ineffable. Jamais plus elle ne pourrait entendre ce mot à la légère, fût-ce à Oxford, où Dieu sait pourtant que l'on bûchait.

Il avait eu recours à ce subterfuge pour échapper à l'expédition à Henley et s'assurer que la maison serait à eux seuls. Il fallait y voir aussi une façon habile d'afficher un vertueux engagement à l'égard de ses futures responsabilités. Une fois mariés, Emma Hobday et lui iraient vivre à Londres (elle le savait et devrait s'y résigner, la mort dans l'âme), il s'achèterait une conduite et deviendrait un honnête homme gagnant honnêtement sa vie — sans oublier que le « pognon » lui serait plus accessible — en tant qu'avocat.

On peut dire que les temps changeaient !

Donc, même aujourd'hui, en cette radieuse matinée, il prouverait qu'il tenait à atteindre son but en bûchant sérieusement. Cela surprenait de sa part, cela ne lui ressemblait pas, mais c'était parfaitement louable. Et si le simple fait de se dire qu'il ne restait plus que deux semaines avant son mariage — comme ils le présumaient sans doute avec un petit rire à Henley — avait provoqué chez lui ce sursaut de conscience ?

Si ce n'est qu'il savait et qu'elle savait — Miss Hobday le savait-elle ? — qu'il n'avait pas plus l'intention de devenir avocat que de devenir une laitue.

« On bûche dur, Jay. » Au cas où on l'interrogerait.

Restait toutefois une question, une question qui n'avait même pas été posée. Elle n'osait, ni ne voulait, la poser. C'était à lui d'en parler.

En supposant qu'il (ou eux) ne « bûcherait » pas toute la journée, quel autre projet pouvait-il avoir de son côté avec Miss Hobday ?

Allongés côte à côte, dans le plus simple appareil, ils secouaient la cendre dans le cendrier et regardaient en silence la fumée de leurs cigarettes s'élever et se confondre sous le plafond. D'abord, fumer ensemble leur suffit. Elle songea aux bouffées blanches des locomotives. Leurs cigarettes, coincées, de temps à autre, à la verticale entre leurs lèvres, rappelaient deux cheminées miniatures jumelles.

On n'entendait que le gazouillis des oiseaux au-dehors, le silence de la maison vide, un silence étrangement audible, comme si elle retenait son souffle, et les frissons de l'air sur leurs corps venus leur rappeler, même s'ils contemplaient le plafond, qu'ils étaient entièrement nus. Deux poissons sur une assiette blanche, pensa-t-elle. Deux saumons roses sur un buffet, attendant des invités — des invités à un mariage peut-être, et qui jamais n'arriveraient...

Elle ne voulait ni dire ni demander quoi que ce soit susceptible de mettre en péril la possibilité de rester ainsi pour toujours.

On appelait ça « se détendre », un terme qui n'entrait pas souvent dans le vocabulaire d'une bonne. Elle disposait désormais de beaucoup de mots qui n'entraient pas dans le vocabulaire d'une bonne. À commencer par le mot « vocabulaire ». Elle les glanait par-ci par-là, un peu de la façon dont certains oiseaux bâtissent leurs nids. Mais était-elle encore une bonne, ainsi allongée sur ce lit ? Et lui, était-il encore un « maître » ? On était en droit de se le demander. Il s'agissait là de la magie, de la parfaite stratégie de la nudité.

Plus qu'une « détente », c'était la paix.

D'une main, l'autre tenant la cigarette, elle effleura sans la regarder sa bite humide et la sentit aussitôt remuer tel un oisillon endormi. À croire qu'elle avait fait ça toute sa vie, une duchesse oisive caressant un chiot. Quelques instants plus tôt, alors que cette même main, retournée, s'agrippait à l'un des barreaux de cuivre de la tête de ce lit qu'elle occupait pour la première fois, l'autre, paume à plat, mais doigts actifs, pressait le bas de son dos, le pressait très fort là où sa verge semblait rejoindre sa colonne vertébrale. Elle le commandait — et quel ordre pouvait être plus impérieux ? Mais lui aussi lui avait donné un ordre : la porte de devant.

À présent, on aurait dit que ce qu'ils venaient de faire

n'était en soi que franchir une porte donnant accès à cette suprême région de mutuelle et absolue nudité.

La paix. Il en était ainsi chaque jour, mais la vérité banale du quotidien était encore plus vraie aujourd'hui que n'importe quand : jamais il n'y avait eu un jour comme celui-ci, jamais il ne pourrait revenir.

Sa cigarette se consumait. Elle déplaça le petit cendrier — c'était son droit, après tout — sur le pan de drap entre eux. C'est mon ventre, aurait-elle pu protester, ce n'est pas une table. Elle ne voulait pas qu'il y écrase son mégot — même si, en fin de compte, cela ne lui aurait pas déplu. Elle se rappellerait longtemps cet objet nonchalamment posé sur son ventre !

Elle regretta alors d'avoir été aussi pointilleuse ou présomptueuse, d'avoir changé quelque chose.

Il retira la cigarette de sa bouche et la tint, toute droite, sur son propre ventre.

« Je dois la retrouver à une heure et demie. Au Swan Hotel, à Bollingford. »

Bien qu'il n'eût pas bougé, ce fut comme s'il avait rompu un charme. Et quoi qu'il en fût, elle n'avait pu manquer de le prévoir. Même si elle s'imaginait que par quelque magique exemption elle échapperait à ce « passage obligé ». Et le reste de la journée ? Une partie de celle-ci ne pouvait — n'est-ce pas ? — durer éternellement. Un fragment de vie ne saurait constituer sa totalité.

Elle ne bougea pas mais, en son for intérieur, peut-être s'était-elle adaptée à la situation. Comme si elle portait à nouveau des vêtements invisibles et redevenait même une bonne.

Lui non plus ne bougea pas, comme si son immobilité infirmait, démentait ce qu'il venait de dire. Il n'était pas obligé de se rendre à son rendez-vous. Qui l'y forçait ? Après tout, il n'avait nul besoin de faire la moindre foutue chose dont il n'avait pas envie, n'est-ce pas ? Il pouvait simplement rester allongé ici et ignorer le reste.

Et il avait dit « elle », pas « Emma ». Comme s'ils partageaient une sorte de rejet. Et « je dois ».

Il avait presque fini sa cigarette.

Il ne bougeait pas, elle non plus, comme si, en fait, il n'avait rien dit. Comme si le moindre mouvement de sa part à elle, et plus encore un son, un mot, eût été admettre qu'il avait dit cela et l'engageait à en accepter les conséquences.

En fin de compte, ce n'était pas à elle, avec sa tenue de bonne fantôme à nouveau sur le dos, de parler, de suggérer ou de faire autre chose qu'attendre. Des années d'apprentissage l'y avaient préparée. Ces gens-là sont lunatiques, capricieux. Ils peuvent être gentils avec vous, puis, l'instant d'après... qu'ils s'adressent à vous d'un ton sec ou qu'ils aboient un ordre, il faut réagir illico. Ou plutôt le prendre avec calme, poursuivre votre tâche et ne pas bouillir de rage. Oui, monsieur, oui, madame. Être toujours sur le qui-vive, toute l'astuce est là.

Là-dessus, elle se dit qu'on pouvait aussi bien inverser les choses. Après tout, aujourd'hui, c'était le monde à l'envers ! Elle était couchée ici, avec lui, dans sa chambre, comme son épouse légitime, et il la consultait impudemment pour savoir s'il devait ou non aller voir son exigeante maîtresse. Certains couples, semblables au leur, pouvaient se comporter de la sorte. Et, au fond, n'en était-il pas ainsi ? Il n'était pas encore marié. Ni à l'une ni à l'autre. Emma Hobday et elle étaient à égalité.

Il se tut, comme si un long silence, après cet apparent rappel à la ponctualité, eût suffi à annuler le rendez-vous. Il était parfaitement capable de faire fi de ce genre de convenances. D'avoir le beurre et l'argent du beurre. Il n'avait pas été malhonnête, n'est-ce pas ? Disons qu'il n'avait pas été correct, c'est tout. Il était comme ça : il se conduisait mal, mais ne s'en cachait pas.

Et il avait eu l'élégance d'emmener Ethel et Iris à la gare.

Et elle n'allait pas répondre, comme une épouse par trop indulgente : « Tu ferais bien d'y aller, tu ne crois pas ? » Était-ce vraiment ce qu'il lui demandait ?

Son silence prolongé aurait pu lui donner à elle un plus grand pouvoir — ou une plus grande complaisance. Il était toutefois trop tard pour qu'il dise : « Mais je pense que toute la journée est à nous, Jay, tu ne crois pas ? » En posant la main là où le cendrier s'était trouvé. Voire un peu plus bas.

Impossible d'y échapper. Il irait la voir, déjeunerait avec elle et même, d'une façon ou d'une autre, plus tard dans la journée, lui demanderait ce qu'il était en droit de recevoir. À condition qu'ils en soient là. Et peut-être même que, pour ce faire, il l'amènerait ici. Dans cette chambre. Elle ne lui avait pas demandé à quelle heure ses « chnoques » étaient censés revenir. C'était lui qui s'occupait de ce genre de détails. Là-bas, à Henley, ils devaient à peine s'être mis à table.

À présent, avec les plans de déjeuner de Paul en

suspens et leurs vêtements pêle-mêle sur le fauteuil, leur moment d'intimité s'émiettait. Il n'avait pas tout le temps du monde.

Moment ? Un mot bien mesquin ! Heure ? Jour ? Cadeau ? Quoi qu'il en soit, cet instant s'enfuyait, tout comme la journée avait déjà décliné après l'apogée de midi. Il devait avoir consulté la petite pendule ou sa montre de gousset en argent posée sur la coiffeuse quand il s'était levé pour aller chercher ses cigarettes.

Une chose, en tout cas, était sûre et certaine : leur rencontre aurait pu ne jamais avoir lieu. Oui, elle devait se montrer reconnaissante, éternellement reconnaissante. « Je voulais leur faire des adieux dans les règles. » Au lieu d'être là, elle aurait pu passer sa matinée à parcourir le Berkshire à bicyclette.

Et en ayant recours à la même ruse, il aurait aussi bien pu la faire venir ici. Il aurait pu téléphoner chez les Hobday et « elle » aurait pu lui répondre, aussi fine mouche qu'elle, Jane. Communiquaient-ils ainsi ? Elle aurait débarqué à Upleigh, le gravier crissant sous les roues de sa voiture. L'Emmamobile. Oui, « elle » aurait pu être ici, avec lui, *en cet instant.*

Mais elle ne parvenait pas à l'imaginer. Sa robe fleurie sur le dos du fauteuil, sa lingerie en soie. C'était elle, Jane, qui, en fait, était allongée sur ce lit. Ne devrait-elle pas en être reconnaissante ? Même s'il allait plus tard s'allonger auprès de l'autre. Deux le même jour. Était-ce possible ? Le Swan Hotel à une heure et demie. Elle était incapable de se l'imaginer.

Quelque part dans sa tête, elle gardait la vague idée que si la future femme de Paul était d'une certaine manière « arrangée », l'arrangement pouvait stipuler qu'elle devait être une vierge parfaite, intacte, comme s'il eût épousé un vase de porcelaine. Et si improbable cela fût-il — qu'il puisse unir son sort à celui d'un vase —, elle ne devait pas être si loin de la vérité, ou alors une autre raison expliquait que Paul manquât de l'enthousiasme qui sied à un fiancé. À commencer par le simple fait qu'il était à cet instant allongé à côté d'elle.

Toujours est-il qu'après quelques minutes d'immobilité, sinon d'inertie provocatrice, il bougea soudain, levant exagérément les jambes. Le matelas tangua tel un bateau. Rattrapant le cendrier qui glissait, il y écrasa brutalement son mégot.

Et voici qu'au moment où elle soulevait un genou pour compenser la secousse, elle sentit quelque chose dégouliner entre ses jambes : la semence de son amant s'écoulait d'elle, mêlée à ses propres sécrétions. Elle connaissait d'autres termes que « semence », mais le mot lui plaisait. Cela aurait pu survenir n'importe quand, mais que ce triste suintement survienne maintenant ressemblait presque à une soudaine riposte. Eh bien, il lui serait difficile de venir ici plus tard, avec elle, la fille aux fleurs, si telle était son intention.

À moins qu'il ne lui ordonnât sur-le-champ — après tout, n'était-elle pas encore une bonne, même si elle n'était pas la sienne — de changer les draps.

Un argument plutôt fruste : n'était-ce pas le moyen dont se servaient les animaux, qui ne se promettaient pas fidélité et n'avaient pas de domestiques ? Ils marquaient ainsi leur territoire.

Et elle n'allait pas dire, maintenant qu'il était debout

et que sa décision était pour ainsi dire prise : « N'y va pas, je t'en prie. Reste avec moi. » Elle n'appartenait pas à ce beau monde où l'on jouait de tels drames. De toute façon, à son niveau, elle méprisait ce genre de scènes. Comme si — mais elle n'était pas sa femme, loin de là — elle n'avait pas pu employer un langage différent, plus calme, mais plus acerbe. Ou juste le fusiller du regard.

En tout cas, ça dégoulinait entre ses jambes.

Il traversa la pièce. Peut-être allait-il simplement regarder l'heure. Une fois de plus, elle put le contempler dans sa revêche nudité. Oui, sans vêtements, il marchait de façon différente, comme un animal.

Parvenu à la coiffeuse, il se retourna pour la regarder, sa montre à la main. Elle n'avait pas bougé, pas osé bouger. Seul son genou relevé, théoriquement enjôleur, seule son éclatante nudité pouvaient encore le faire changer d'avis. Il n'en perdait rien, aussi peu gêné de la lorgner que d'exposer son propre corps. Sa bite avait grossi, mais continuait à pendouiller. Et à présent, d'un geste familier, il remontait sa montre à l'aveuglette, tout en la dévorant des yeux.

« Il n'est pas tout à fait moins le quart. Pour peu que j'appuie sur le champignon, je devrais arriver à l'heure. Nous nous retrouvons à mi-chemin. Au Swan. Elle connaît les propriétaires. C'est elle qui a eu cette idée. »

Comme si elle, la bonne de Beechwood, savait quoi que ce soit au sujet du Swan Hotel à Bollingford ou combien de temps cela prendrait pour s'y rendre en voiture. Mais les convives de Henley étaient-ils au courant ? Ces jeunes gens avaient organisé leur propre déjeuner, en tête à tête. On ne pouvait pas leur en vouloir, non ?

Après tout, il avait sagement passé la matinée avec ses manuels de droit.

Restait à s'habiller, à se rendre présentable, à rafistoler le personnage qu'il jouait dans la vie. Il ne semblait guère pressé de le faire. Il la regardait, ses yeux la parcouraient de haut en bas. Il devait sûrement avoir remarqué la petite tache entre ses jambes.

Jamais elle ne l'avait vu montrer, fût-ce quand il se dépêchait, le moindre signe de hâte ou d'agitation inconvenante. Sauf — mais c'était si loin — à l'époque où il avait encore l'incoercible impétuosité du jeune garçon. Elle lui avait dit parfois : « Ralentis. » Ou même, comme si elle avait été experte en la matière : « Plus c'est lent, plus c'est bon. »

Eh bien, à présent, ils n'en étaient plus à leurs débuts. Il n'avait jamais connu quelqu'un mieux qu'elle, elle en était sûre et certaine. Il en allait de même pour elle. Cela se voyait à la façon qu'il avait de la regarder et à celle dont elle le regardait en retour.

Elle eut du mal, alors qu'elle le fixait des yeux, à réprimer ses larmes, consciente que les laisser couler, s'en servir, eût été en quelque sorte faillir à sa résolution. Elle devait se montrer courageuse, généreuse, impitoyable, en lui accordant, sans doute pour la dernière fois, le don de sa personne.

Oublierait-il jamais son image, ainsi allongée sur ce lit ?

Et il n'était pas pressé. Le soleil qui entrait par la fenêtre l'éclairait. Une ombre ou deux lui barraient le torse. Il acheva de remonter sa montre. Pour finir, il lui faudrait conduire à une allure impossible.

Comment avait-il acquis une telle assurance ? Plus tard, en y repensant, elle s'en émerveillerait non sans trouver presque effrayant qu'il possédât, en ces instants, un tel aplomb. Fallait-il y voir l'apanage de sa caste ? C'était inné. Cela venait-il sans qu'on ait à faire quoi que ce soit ? Juste être sûr de soi. Ce qui, de toute évidence, ne manquerait pas de produire l'effet inverse. Par ailleurs, être avocat, simplement avocat — elle se mettait à sa place, elle le voyait emprisonné dans une toge sombre —, ne pouvait que lui enlever cette confiance en lui.

Une pensée folle lui vint à l'esprit. Supposons qu'elle — Emma, Miss Hobday — soit passée le prendre. Supposons — on était en 1924, les temps modernes — qu'elle ait décidé de venir le chercher ici, maintenant, avec sa voiture. Pour lui faire une surprise, l'arracher à ses « études ». Par une journée aussi radieuse. Le gravier qui crisse sous les roues. Sa voix fleurie — avec cette intonation propre aux écuyères passionnées — s'élevant vers lui, en remarquant la fenêtre ouverte qu'elle savait être celle de sa chambre.

« Paul ! Je suis venue te chercher. Où es-tu ? »

Et alors quoi ? Elle était certaine qu'il aurait su affronter la situation avec son aplomb habituel. N'eût-il sur lui que sa chevalière. Simplement en apparaissant à la fenêtre. « Emsie chérie ! Quelle surprise ! Donne-moi une minute, s'il te plaît, le temps d'enfiler une chemise ! »

Et elle, la bonne des Niven, dans la maison des Sheringham, comment aurait-elle réagi ?

Près de lui, sur la coiffeuse, était éparpillé le reste de sa panoplie du quotidien, de l'utile au sentimental, telles des pièces de son trésor personnel exposées à la vue. Des brosses à cheveux, des peignes. Des boîtes de boutons de manchette et de boutons de col. Des photos dans des cadres d'argent. Un faible pour les bibelots en argent, qu'Ethel polissait consciencieusement. Les bonnes devaient sans cesse épousseter, astiquer tout ce bazar, en prenant garde de ne rien déplacer. Enfin... une coiffeuse d'homme était plus facile à nettoyer que celle d'une femme.

Si vous grandissiez entouré de ce genre d'attirail ou d'attributs, sans doute était-il alors facile d'avoir confiance en vous. Sans parler du contenu de sa garde-robe, dans le dressing attenant à sa chambre — elle l'avait entraperçu lorsqu'il l'avait propulsée à l'étage. Tous les choix vestimentaires de Paul y étaient suspendus. Sans oublier ses autres possessions dispersées dans toute la maison...

Tout ce qu'elle possédait, vêtements compris, tiendrait dans un seul carton. Si elle devait partir à la hâte, ce qui était toujours possible, son balluchon serait vite fait.

Mais c'étaient ces babioles, cette panoplie de jeune homme qui semblaient à présent le revendiquer, définir sa personnalité. Chevalière armoriée. Montre de gousset. Boutons de manchette. Une fois habillé, et avant son départ, il ramasserait son étui à cigarettes et son briquet gravés à ses initiales. Il se brosserait les cheveux, y passerait le peigne d'écaille. Ses deux frères avaient dû emporter un assortiment de ce genre de choses, sans doute achetées, pour la plupart, à seule fin de se remonter le moral, lorsqu'ils étaient partis là-bas en France pour ne jamais revenir. Les frères se trouvaient désormais sur la coiffeuse, dans des cadres d'argent. Elle les avait remarqués en entrant dans la pièce. Il s'agissait sûrement de Dick et de Freddy. Tous deux coiffés d'une casquette d'officier. Elle ne les avait encore jamais vus. Comment aurait-elle pu les voir ?

Elle les avait regardés pendant qu'il la déshabillait.

Il sortit de la pièce pour entrer dans la salle de bains. Ne portant toujours que sa chevalière. Il n'y demeura pas longtemps. Après tout, il n'avait qu'à se savonner, se rincer, faire ce que font les hommes en pareilles circonstances. À savoir, enlever toute trace évidente d'elle sur lui. Plus tard, elle y repenserait.

Durant sa courte absence, la chambre lui sembla se refermer sur elle, la revendiquer comme faisant partie des meubles. Elle resta immobile. Chair palpitante qu'elle était, elle gisait là tel un objet inanimé. Il ne lui avait signifié en aucune façon qu'elle devait bouger — que maintenant qu'il s'était levé il convenait qu'elle fît de même. Bien au contraire. À son retour, il ne parut pas surpris de la voir obstinément allongée sur le lit. À croire même qu'il s'y était attendu, qu'il avait voulu qu'il en fût ainsi.

À présent, il dégageait un parfum qu'elle aurait apprécié s'il n'avait éclipsé la suave odeur de sa transpiration. Autre détail auquel elle réfléchirait plus tard : il s'était mis de son eau de Cologne. Mais il était toujours dans le plus simple appareil, et ne manifestait aucune hâte. Du dressing, il avait rapporté une chemise blanche propre, un gilet gris pâle et une cravate, mais, semblait-il, le reste de sa tenue se composerait des vêtements abandonnés sur le fauteuil. Il aurait pu s'habiller dans le dressing, mais peut-être avait-il l'habitude de le faire à la lumière du jour, près de la coiffeuse et de ses miroirs en angle. Après tout, son dressing n'était qu'une penderie.

Il avait beau être sur le point de partir, il donnait l'impression de ne pas vouloir se séparer d'elle. D'une certaine façon, on aurait dit une mise en scène juste pour elle, pour qu'elle le regarde s'habiller, pour qu'elle voie sa nudité peu à peu disparaître. Ou pour lui montrer que cela lui était égal. Lui montrer son assurance, sa morgue, son étrange manque d'empressement. Devrait-elle partir, elle aussi ? Mais il ne lui disait rien. Elle resta donc, comme sur ordre, là où elle était, tandis qu'il la parcourait à nouveau du regard tout en s'habillant.

Il avait sûrement vu la tache, mais ne pas la remarquer faisait partie de sa superbe. Au même titre que les vêtements qu'il lui arrivait de laisser par terre pour les retrouver, lavés et repassés, dans son dressing. Les préposées à cette sorte de besognes étaient censées s'en occuper discrètement. Et, en principe, elle était l'une d'elles. Elle appartenait à cette armée magique qui permettait pareille négligence. Allait-il vraiment lui demander, avant qu'il ne parte, de nettoyer ? Et lui donner ainsi l'occasion de s'abaisser en lui rappelant qu'elle n'était pas sa domestique ?

Mais elle voyait bien à la façon dont il la regardait — et regardait à coup sûr la tache compromettante — qu'une scène aussi sordide était loin de son esprit. Une autre forme d'indifférence faisait d'une tache sur un drap le cadet de ses soucis. D'ailleurs, s'agissait-il bien d'une tache, pour qu'il faille la retirer ? Pas plus qu'elle ne devrait se retirer, elle — et elle n'était pas une tache —, du lit de Paul. Oui, il la *voulait* là, alors que, dans une autre vie, dans une histoire plus banale, plus comique, elle aurait déjà dû dévaler l'escalier en finissant de se rajuster. Il souhaitait, avant son départ, la voir là, l'avoir là, nue et — qui sait ? — occupant à jamais sa chambre, afin que son image y subsiste, gravée dans son esprit, même lorsqu'il retrouverait... son vase de porcelaine.

En demeurant allongée là, elle faisait exactement, élégamment, ce qu'il convenait. Elle le comprit, même en se rendant compte que son attitude était cause perdue, qu'elle n'avait pas convaincu Paul de rester. Il allait partir, c'était clair. Et il voulait, pour quelque raison qu'elle ne saisissait pas, qu'elle assiste, alors qu'elle exhibait sa nudité, à son rhabillage, qu'elle le voie rendosser cette vie qui était sienne.

Pourquoi était-il si lent ?

Des flots de lumière et d'une chaleur hors de saison inondaient la chambre. L'aiguille des minutes de sa montre devait s'acheminer vers le un, si elle ne l'avait pas déjà dépassé. À Beechwood, la ligne noire du cadran solaire dans le jardin — où elle aurait pu être assise en ce moment, un livre sur les genoux — s'était sûrement déplacée. Elle ne parvenait pas à distinguer le cadran de la petite pendule sur la coiffeuse — les deux frères y montaient la garde de chaque côté.

Y avait-il jamais eu un jour comme celui-ci ? Pourrait-il jamais y en avoir un autre semblable ?

Elle se rendit compte que ce serait le boulot d'Ethel de s'occuper de la tache — de l'écoulement. Ethel qu'elle imaginait, en ce moment, assise dans une maison pleine de l'odeur d'un coûteux rôti de bœuf — alors que par cette chaleur du jambon froid aurait fait l'affaire. Assise là où sa mère l'avait placée, sans se lever ni remuer le petit doigt. C'était son jour de congé, n'est-ce pas ? Aujourd'hui, tout était différent, tout sortait de l'ordinaire. « Parle donc un peu avec ton père, Ethel. » À supposer qu'Ethel eût encore un père, du moins un père encore en état. En prévision de ces quelques heures de retrouvailles, d'hommage aux mères, la mère d'Ethel trimerait à la cuisine, et après, son mari et elle se contenteraient de tartines au jus de rôti pendant la semaine suivante.

Mais Ethel, lorsqu'elle reprendrait son service — quand les « chnoques » seraient peut-être eux aussi de retour, revigorés, mais fatigués par cette escapade ensoleillée, et en mal d'attention —, aurait à changer les draps de la chambre de Paul, n'ayant pas été là pour le faire plus tôt, et elle remarquerait alors la tache. Et cela dans la mesure où Ethel remarquait ces choses, car son travail exigeait tout autant de les remarquer que de s'empresser de les faire disparaître comme si elles n'avaient jamais existé.

Même Ethel, qui quelques heures plus tôt à peine s'était assise telle une princesse devant un rôti, reconnaîtrait la nature de cette tache. C'était le lot commun des gens de sa condition d'avoir ce genre de surprises dans les chambres à coucher. Tant et si bien qu'entre domestiques on parlait de « petites surprises ». Il y avait d'autres expressions, qui témoignaient d'un esprit plus ou moins inventif, comme « la carte des îles Britanniques ». Pour peu qu'il eût fallu en discuter, avec gêne mais professionnalisme, on les eût officiellement désignées sous le terme d'« émissions nocturnes » — ce qui ne s'appliquait pas forcément à toutes les circonstances et ne devait guère éclairer une bonne de seize ans tout juste engagée. Les petits garçons — enfin, pas si petits que ça — avaient des émissions nocturnes qui, outre le fait qu'ils auraient pu les avoir de manière plus discrète, devaient être prestement effacées.

Elle avait glané ces détails avant d'arriver à Beechwood, quand elle avait été brièvement placée en « apprentissage » dans une grande maison où l'on avait besoin de personnel supplémentaire pour les mois d'été. Il y avait cinq bonnes en tout. Et, doux Jésus ! si vous aviez entendu certaines d'entre elles !

Beaucoup de ces émissions n'étaient ni vraiment « solitaires » ni même à proprement parler des « émissions » (pas plus qu'elles n'étaient nécessairement nocturnes). Mettant à profit leur esprit de déduction, la plupart des bonnes savaient les distinguer et même établir, au juste, l'origine de cette émission. Mais c'était là une chose dont on ne parlait pas, dont on ne reconnaissait même pas l'existence, bien que ce fût précisément l'un de ces détails susceptibles de pimenter le travail d'une domestique. Toutes ces taches, tout ce jeu de chaises, pour ne pas dire de chambres, musicales... Une fête dans une résidence d'été avec vingt-quatre invités. Seigneur !

Ethel en tirerait, elle aussi, ses déductions et ses conclusions, même si elle persistait à prétendre qu'elle n'y avait jamais été contrainte. Elle en arriverait à la conclusion que, durant le laps de temps où la maison avait été (prétendument) vide, Mister Paul en avait profité pour recevoir sa fiancée, Miss Hobday, dans sa chambre. Pour la seule raison, sans doute, que ces jeunes gens pouvaient se livrer à ce genre d'activités sans que personne n'y trouve à redire. Hormis le fait qu'ils auraient pu attendre : quinze jours plus tard, ils n'auraient plus besoin de subterfuges. Hormis aussi le fait que cela suggérait quel genre de femme était Miss Hobday (on ne faisait pas de commentaires sur le comportement de Mister Paul).

Ce n'était pas à Ethel d'en juger. Poussant plus loin ses déductions, et à partir de chuchotis, Ethel conclurait de quel genre de femme il s'agissait : Mister Paul n'avait pas invité Miss Hobday à Upleigh à seule fin de la déflorer. En tout cas, en retirant les draps pour les fourrer dans le panier à linge, Ethel présumerait que Mister Paul, pour peu qu'il ait seulement remarqué la tache, aurait su qu'elle, Ethel, la ferait disparaître, bonne petite fée qu'elle était.

Si ce n'est que, par la suite, la situation — qu'il s'agisse de l'atmosphère ou des besoins de la maisonnée — changerait du tout au tout. Personne, certes, ne chercherait à savoir, si tant est qu'on s'y fût jamais intéressé, si Ethel avait passé un bon moment avec sa mère. Et, de toute façon, Ethel aurait déjà changé les draps.

C'était la première fois qu'elle voyait un homme s'habiller, bien qu'elle fût chargée de s'occuper spécifiquement de vêtements d'homme et qu'au cours de cet été à la grande maison elle eût tôt fait de se familiariser avec l'étonnante variété de la garde-robe masculine, sa complexité et ses subtilités. Même si elle avait souvent eu, et dans les endroits les plus inattendus (écurie, serre, remise ou bosquets), l'occasion de trifouiller dans les vêtements de Paul Sheringham, alors qu'il les avait sur le dos, à condition — ou fort de l'assentiment tacite —, toutefois, qu'il puisse farfouiller dans les siens.

Il enfila d'abord la chemise, la chemise blanche propre qu'il avait rapportée du dressing. Pour la mettre — ou plutôt la passer —, il la fit glisser par-dessus sa tête comme une femme enfilant une combinaison. Elle n'aurait pas pensé qu'il mettrait la chemise en premier. Mais pour chaque étape de l'habillement d'un gentleman, il devait y avoir un mélange de préférence personnelle et d'ordre établi. Après tout, « au bon vieux temps », sans doute un valet l'eût-il « habillé ». Tout comme on pouvait la prier d'« habiller » ou de « dégrafer » Mrs Niven.

De toute façon, dans leur milieu, s'habiller n'avait jamais été réduit à une simple pratique consistant à se nipper vite fait, on y voyait, au contraire, un assemblage solennel. Quoique, dans ces circonstances, il avait toutes les raisons d'enfiler ses affaires le plus rapidement possible. Un autre homme, dans un autre contexte, se serait peut-être exclamé en se rajustant fébrilement : « Bon sang, Jay, il faut vraiment que je file ! »

Mais sa chemise d'abord. Elle s'en étonna. Car cela entraînait aussitôt la perte de cette dignité qu'il semblait précisément vouloir préserver par son flegme. C'était bien lui, ça, penserait-elle plus tard, c'était le coup classique de Paul Sheringham, de mépriser à ce point l'indignité qu'en fait il n'y tombait jamais. Combien de fois n'avait-il pas perdu sa dignité avec elle avant de la recouvrer ? Cependant, n'importe quel homme n'ayant sur lui que sa chemise devenait automatiquement comique et, dans un autre contexte, elle aurait pu pouffer de rire.

Elle supposa qu'il y avait deux options de base : soit rentrer la chemise dans le pantalon en attente, soit faire en sorte que le pantalon accueille la chemise en attente. Chaque option avait son avantage. Toutefois, pendant quelques instants, il eut tout l'air d'un clown ou d'un petit garçon monté en graine et sur le point d'aller au lit, plutôt que d'un homme prêt à affronter le monde (et une fiancée en ébullition).

Voilà ce qu'il était autrefois, se dit-elle. Un gamin en chemise de nuit. Un jour — une des rares fois où il lui avait laissé entrevoir son passé —, il lui avait parlé de Becky, sa nounou, qui était partie quand on l'avait envoyé, lui, à l'école. Autrefois, il devait avoir eu une nounou pour l'habiller et le déshabiller — sans doute les trois frères avaient-ils eu la même.

Un bien curieux personnage qu'une nounou, cette mère de substitution qui amenait l'enfant à ses parents à cinq heures, telle une cuisinière présentant un gâteau. Et où était-elle, aujourd'hui, Nounou Becky? Dans une autre maison, sans doute. Ou chez sa mère.

Elle ne se moqua pas de sa chemise. Ça ne lui aurait pourtant pas déplu de pouffer de rire depuis son poste d'observation sur le lit. Il aurait pu y avoir un autre monde, une autre vie dans laquelle tout cela aurait été un rituel ordinaire, informel. Mais il n'y en avait pas. Elle aurait pu être une épouse se prélassant dans une chambre, à Londres, et qui le regarderait s'habiller pour jouer à l'avocat.

Il y avait un moment qu'ils ne s'étaient presque rien dit. Un peu plus tôt, ils avaient émis des halètements, des gémissements animaux. On aurait dit qu'ils avaient pénétré dans quelque monde inférieur où prévalait le « langage du corps », un terme qu'elle n'apprendrait que plus tard dans la vie. Seul son corps pouvait parler. Elle ne voulait ni fausser ni invalider quoi que ce soit en commettant l'imprudence de le traduire en mots. Et plus tard, cela deviendrait pour elle un constant casse-tête dans son travail.

Il semblait que tout ce qu'ils pourraient se dire à présent se résumerait à des banalités destructrices. Même lorsqu'il accomplissait un geste aussi banal qu'enfiler caleçon et chaussettes.

Pourtant, il se mettait sur son trente et un. La chemise blanche propre. Une chemise habillée. Elle nécessiterait un col. Ce n'était pas simplement une de ces chemises que l'on porte pour une sortie dominicale ou un tour en décapotable. C'était — dans un sens plutôt désuet, même à l'époque — sa « chemise du dimanche ». Elle le regarda triompher, avec une flegmatique dextérité, de ses boutons de manchette, petits ovales en argent qui scintillaient au soleil, de ses boutons de col et de son col semi-rigide. Il avait également rapporté du dressing une cravate, bande d'étoffe étroite et soyeuse, bleu ardoise, mouchetée de pois blancs. Il choisit une épingle. S'agissait-il vraiment d'un minuscule diamant? Son menton déjà tout lisse, elle avait eu l'occasion de le constater, sentait, à présent, l'eau de Cologne.

On aurait dit qu'il s'habillait pour son mariage. Mais il n'en était pas encore là. Il allait seulement déjeuner avec sa future épouse au bord de la Tamise. S'il était très en retard, ce qui paraissait presque certain, comment diable son élégante tenue l'aiderait-elle à se faire pardonner?

Il avait noué sa cravate dans les règles de l'art, se concentrant sur le nœud et les extrémités avant d'y fixer l'épingle — le tout, les jambes encore nues. Elle ne rit pas, elle ne pouvait pas rire. Pourtant, il devait lui sembler par la suite que tout avait dépendu de cette scène digne d'une comédie de boulevard. Une fois qu'il aurait enfilé son pantalon, tout serait perdu. Que ne lui avait-elle dit alors, que ne lui avait-elle crié : « Ne le mets pas ! »

Mais il retourna dans le dressing, s'y attarda quelques minutes dans un froissement d'étoffes (pensait-il que le temps s'était arrêté ?), avant de réapparaître en pantalon, veste et chaussures, sans oublier un mouchoir en soie, parfaitement assorti à sa cravate, dépassant de sa poche de poitrine.

S'il avait ainsi lambiné, était-ce parce qu'il avait eu du mal à choisir le pantalon qu'il allait mettre — celui qu'il avait enlevé plus tôt ou celui qui pendait encore dans le placard ? Jamais elle ne le saurait. Jamais elle ne dirait, ni ne serait capable de dire, lui permettant ainsi de riposter par une boutade ou de tout lui expliquer : « Il t'en a fallu du temps pour mettre ton pantalon !

— Ah, oui, Jay. C'est bien vrai. »

« Pantalon ». Quel drôle de mot, de toute façon !

Il se tenait là, fin prêt. Il ramassa son étui à cigarettes, son briquet. Seule lui manquait, peut-être, une fleur à la boutonnière. Il y avait les orchidées blanches dans le hall. On aurait pu croire qu'il partait à son mariage. Ce n'était pas aujourd'hui, mais il semblait ainsi l'annoncer, sans doute était-ce la raison pour laquelle il s'était fait si beau : il la quittait — n'est-ce pas ? — pour se marier. Elle sentit sourdre en elle une pointe de jalousie à l'égard de la femme qui bénéficierait de ces longues et lentes fantaisies vestimentaires. À supposer que cette dernière ne soit pas déjà furieuse de l'affront qu'il lui faisait.

Quant à *elle*, couchée là, elle avait bénéficié de son intégrale nudité.

Il lui vint alors à l'esprit qu'en fait tout cela était peut-être juste *pour elle*. Pour qu'elle le voie une dernière fois. En sa tenue de « départ ». Non, impossible. Quoi qu'il en soit, et contre son gré — ce furent ses premiers mots après un long silence —, « Tu es très beau », déclara-t-elle, veillant à éviter les roucoulades d'une bonne rougissante — « Oh là là ! qu'est-ce que vous êtes beau, monsieur ! » — tout en se gardant de tomber dans quelque ratification royale : « C'est bon. Vous pouvez disposer. » Veillant même à éviter le ton posé de la déclaration voilée qu'elle aurait voulu qu'elle soit.

Il ne lui répondit pas par : « Et toi aussi, tu es belle. » Jamais il ne lui avait dit cela, jamais il n'avait employé ce mot. Juste celui d'« amie » Elle n'était même pas sûre que son compliment n'avait pas ombré son visage d'un léger embarras.

Seules convenaient des banalités. Destructrices, mais acceptables. Il se mit à en débiter quelques-unes.

« Inutile de te presser. Je ne pense pas que les chnoques soient de retour avant quatre heures. En partant, ferme la porte d'entrée à clé et cache celle-ci sous la grosse pierre, près du décrottoir. En fait, ce n'est pas une pierre, mais la moitié d'une sculpture représentant un ananas que Freddy a démolie en s'entraînant au cricket. C'est ce que nous faisons quand la maison est vide, ce qui est rarissime. Et je ne la laisse pas vide à présent, n'est-ce pas ? Mais en l'absence d'Ethel et d'Iris les chnoques s'attendront à la trouver là, s'ils rentrent les premiers. C'est une grosse clé très lourde qu'ils n'emportent pas. Je la poserai sur la table du hall. Eh bien, voilà, je ne vois rien d'autre à te signaler. Laisse tout. »

Entendait-il par « tout » les draps, sa chemise, le pantalon dédaigné qui pendouillait sur le dossier du fauteuil ? Que pouvait-il entendre d'autre ? Lui demandait-il de ne pas se comporter comme une foutue bonne ? Et tout ça pendant qu'il tripotait son nœud de cravate et tirait sur ses manchettes.

« Si tu as faim, il y a une tourte à la viande, ou en tout cas une moitié de tourte à la viande, à la cuisine. Je peux toujours dire à notre cuisinière que je l'ai boulottée. Avant d'aller déjeuner, j'entends ! Non que je doive fournir des explications à qui que ce soit pour quoi que ce soit. Pour quoi que ce soit. »

Ce fut là sa dernière remarque, éveillant un écho pour le moins bizarre. S'agissait-il seulement de la tourte à la viande ?

Plus tard, elle s'en reput tout en ruminant presque chaque mot de ce discours prosaïque. Il resterait étrangement gravé dans sa mémoire. Et, pour cette raison précise, elle se demanderait parfois si elle ne l'avait pas inventé, il ne pouvait lui avoir sorti tout ça, des mots dont elle gardait un si vif souvenir, cinquante ans plus tard. Après tout, peut-être s'était-il contenté de lui lancer : « Tu ferais bien de t'habiller et de filer. »

Elle ressasserait ces mots tel un passage qu'il faudrait sans doute remanier, qui n'avait pas encore pris tout son sens.

Après quoi, il disparut. Pas d'au revoir. Pas même un petit baiser. Juste un dernier regard. Comme s'il l'aspirait, comme s'il la buvait jusqu'à la dernière goutte. Et imaginez ce qu'il venait de lui accorder : sa maison, oui, toute sa maison ! Il la lui laissait. Elle était à elle, elle pouvait en faire ce qu'elle voulait, la mettre à sac si tel était son bon plaisir. Toute à elle. Et que pouvait faire de son temps une bonne en congé en ce dimanche des mères, alors qu'elle n'avait pas de famille dans laquelle se rendre ?

Elle écouta le bruit de ses pas s'estomper dans l'escalier, puis résonner à nouveau, claquer avant de s'arrêter sur les dalles du hall. Prenait-il quelque chose avant de partir ? Un chapeau ? Une fleur pour sa boutonnière ? Pourquoi pas ? Peut-être gardait-il une épingle à cet effet dans la poche de sa veste ? Cherchait-il la fameuse clé ?

Elle ne bougea pas, pétrifiée. Elle entendit la porte, ou les portes, s'ouvrir et se refermer. Ni trop brutalement, ni trop doucement. Là-dessus, elle entendit une sorte de gloussement qui lui parvint par la fenêtre ouverte, mais ne résonna pas dans la maison. Si tant est que ce soit un gloussement. On aurait plutôt dit un appel provocant, éclatant, aussi bizarre et saisissant que le cri du paon. Jamais elle ne l'oublierait.

Le crissement du gravier sous ses chaussures. Il se dirigeait vers l'ancienne écurie où était garée sa voiture. Il verrait sa bicyclette appuyée contre le mur. Elle l'avait simplement calée là, puisqu'il lui avait dit d'entrer par la porte de devant, déjà ouverte comme par enchantement. Elle ne s'était pas donné la peine de la dissimuler pour ne pas attirer l'attention. Elle se rendait compte que si Miss Hobday avait eu l'idée malicieuse d'apparaître dans sa voiture, apanage d'une fiancée moderne, histoire de lui faire une surprise — et parlons-en, d'une surprise ! —, elle l'aurait repéré, ce vélo de femme, sans barre. Cela aurait pu donner lieu à une scène, délirante, dingue. Et la journée en eût été bien différente.

Mais n'y aurait-il pas malgré tout une scène au Swan Hotel de Bollingford ?

Que de scènes. Que de scènes qui n'éclataient jamais, qui couvaient dans les coulisses du possible. Il ne devait pas être loin d'une heure et demie. Les oiseaux chantaient. Quelque part, sur une route de campagne, de l'autre côté de Bollingford, et dans son Emmamobile, Emma Hobday s'approchait du lieu de rendez-vous. À moins qu'elle ne soit en retard. Son privilège de femme. Peut-être était-elle toujours outrageusement en retard et Paul avait-il tablé sur cette exaspérante habitude. Si ses calculs étaient exacts, qui sait s'ils ne se retrouveraient pas dans le calme et la sérénité ?

Peut-être était-ce là l'explication.

Toujours est-il que, tout en conduisant, Emma Hobday devait jouir de la radieuse effervescence de cette journée printanière. Conduire une voiture se situait au-delà de son expérience en tant que domestique — elle n'avait jamais conduit qu'une bicyclette. Mais elle essaya de se mettre un moment à la place — ou dans la voiture — d'Emma Hobday qui ignorait encore à quel point son futur mari s'était pomponné pour elle. Ou le temps qu'il avait mis à enfiler son pantalon.

À Henley, ils devaient avoir terminé leur saumon fumé et attendre le canard ou l'agneau à la menthe

— sûrement moins savoureux que ceux de Milly. Sans doute s'extasiaient-ils encore sur ce temps divin et formaient-ils des vœux pour qu'il en soit de même le jour du mariage. Elle imagina une salle à manger dont les hautes portes-fenêtres étaient grandes ouvertes au soleil. Une pelouse descendait vers le fleuve. Des tables dressées, installées dehors. Des capelines blanches. Pour ainsi dire un mariage.

Toutes ces scènes ! Les imaginer se limitait à se représenter ce qui relevait du possible, voire à prédire ce qui se passerait en réalité. Mais c'était aussi conjurer ce qui n'existait pas encore.

Elle entendit la voiture démarrer, le moteur tousser, s'emballer une ou deux fois. Peut-être était-ce là une de ses habitudes, à croire qu'il allait participer à une course. D'ailleurs, il devrait foncer à présent, ne fût-ce que pour rattraper son retard. Elle entendit juste les pneus grincer sur le gravier, sans patiner ni faire d'embardée. La voiture prit de la vitesse, ronflant encore davantage maintenant qu'il roulait entre les tilleuls et les deux grandes pelouses, puis le bruit alla s'atténuant jusqu'à se fondre dans le chant des oiseaux.

Elle ne bougea pas. Elle ne s'approcha pas de la fenêtre. Un bref rugissement fanfaron, au moment où Paul atteignait la route goudronnée — celle qu'il avait empruntée le matin même, dans un autre véhicule, avec Ethel et Iris, passagères aussi honorées qu'intimidées —, puis il appuya sur l'accélérateur.

Elle ne bougea pas. Les rideaux remuèrent légèrement. Une fille nue dans la chambre de Paul Sheringham. Elle ne bougea pas — combien de temps resta-t-elle sans bouger ? — jusqu'à ce que l'absurdité de son immobilité l'emporte sur son terrible besoin de rester inerte.

C'est alors qu'elle bougea. Elle se souleva de l'oreiller. Ses pieds trouvèrent le tapis. Elle marcha dessus, dans le plus simple appareil, comme il l'avait fait. Depuis leur cadre en argent, les deux frères la fixaient du regard. Elle s'entrevit dans le miroir. Elle alla à la fenêtre. Il n'y avait rien à voir. Le Berkshire. Il n'y avait personne pour remarquer sa soudaine et inexplicable apparition au premier étage, ses seins nus éclairés par le soleil. Pas un nuage dans le ciel.

Elle retourna dans la chambre, résistant à l'impulsion de commencer à se rhabiller. Elle regarda le lit qu'ils avaient occupé tous les deux, les couvertures rejetées, les draps froissés, l'impudente petite tache.

Elle pensa à Ethel.

Toutes ces émissions... Domestique dans une maison pleine de garçons, Ethel devait s'y connaître, mais cette petite tache-là lui paraîtrait curieusement différente. Les émissions de trois frères dont deux avaient disparu, bien que là, présents dans leur cadre en argent, lorgnant une fille nue. Ethel, présuma-t-elle, n'avait jamais su ce que c'était que d'être la cause directe de l'émission d'un homme, et encore moins l'effet que cela faisait de la sentir en soi, ou s'écoulant de vous mêlée à vos propres sécrétions. Une bonne et, oui, une vierge. Elle avait autour de la trentaine. Ses parents devaient être âgés. Mais au moins elle les avait encore et elle avait été autorisée à leur rendre visite aujourd'hui.

Toutes ces émissions gaspillées. Pendant un moment, le soleil ne sembla emplir la pièce que d'un vide éclatant. Pourquoi se sentait-elle si triste et si seule au monde alors qu'elle avait eu ce qu'elle avait eu ce jour-là ? Et qu'après tout elle n'était pas Ethel. Et qu'elle avait à présent toute une maison et un parc à sa disposition — comme l'aurait formulé Mr Niven.

Elle entra dans la salle de bains. Un petit temple masculin. Elle regarda les rasoirs, les blaireaux, les flacons d'eau de Cologne, se demandant si elle pouvait les toucher. Si elle pouvait toucher et tripoter tout cet attirail disposé sur les étagères en verre. Quoi qu'il en soit, elle se lava, se sécha, utilisant le lavabo et la serviette encore humide après la toilette de Paul — et qu'Ethel changerait sans réfléchir.

Elle avait mis le préservatif qu'il l'avait aidée à se procurer. Voilà qui expliquait un écoulement aussi important. Elle n'aurait jamais pu l'acquérir sans lui. Paul ayant l'art de faire fi des difficultés ou des situations gênantes, l'affaire avait été prestement réglée, lors d'un après-midi de congé. Elle avait pris le train de 13 h 20 pour Reading où ils s'étaient retrouvés. Après quoi, ils étaient allés au cinéma.

Dieu sait comment il avait organisé ça. Dans certains domaines, peut-être était-il plus futé qu'elle. « J'ai un copain toubib, Jay. » Elle avait mis du temps à s'y habituer. C'était son (leur) précieux moyen de se protéger.

Et à supposer, se dirait-elle plus tard, qu'elle *soit* tombée enceinte, en aurait-elle supporté toutes les conséquences — tout retomberait sur elle, entraînant un renvoi immédiat — afin que la cérémonie ne soit pas annulée ? Aurait-elle supporté tout cela pour lui ?

À supposer qu'elle eût délibérément omis de mettre cette chose, trois mois plus tôt, disons.

Une simple supposition.

« Un diaphragme, Jay. Un *bonnet hollandais.* Pour m'assurer que ma semence ne t'atteigne pas, du moins pas plus que nécessaire. »

Qu'est-ce que ce truc pouvait avoir de hollandais ? se demanda-t-elle. Son uniforme de bonne comprenait un petit bonnet blanc. Certains jours, elle en portait donc deux...

Et « semence », encore un mot bizarre ou une drôle de façon de l'employer, vu que ça ne ressemblait en rien à des graines — des pépins de pomme ou ces petits points noirs dont on saupoudrait parfois le pain. Pourtant, c'était bien le terme approprié, elle voyait pourquoi, et d'ailleurs il lui plaisait. En outre, c'était celui dont il s'était servi lorsqu'elle avait vu ça pour la première fois. « C'est ma semence, Jay. » Comme cela lui semblait loin maintenant ! « C'est ma semence. Nous pourrions l'enterrer, l'arroser et voir ce que cela donnera. » À l'époque, elle s'était demandé s'il parlait sérieusement.

On était au printemps. La saison des semailles. « Nous labourons les champs et nous semons à tous vents... »

Toutes ces émissions.

Sa mère aurait-elle été une bonne tombée enceinte ? Était-ce là l'explication ? Sa mère n'avait-elle pas eu de « bonnet » à se mettre ? Toutes ces omissions. Comme aurait pu dire Milly.

Elle alla dans le dressing, tentée de toucher, de tripoter, voire d'essayer tout ce qui était pendu là. De quoi éberluer les domestiques. Que porterai-je aujourd'hui? Qui serai-je aujourd'hui? Par une journée pareille, pourquoi avait-il choisi sa veste gris acier, presque trop stricte, mais d'une parfaite élégance?

Elle retourna dans la chambre. Elle entendit les oiseaux revenir doucement à la charge. Le grondement lointain d'un train.

Elle pouvait récupérer ses vêtements, les mettre et partir. Quelle était donc cette phrase qu'elle avait parfois lue dans des livres? « Effacer ses traces... » Mais il avait dit ce qu'il avait dit: la maison était à elle. Et elle avait bien l'intention d'en faire une réalité. Il lui aurait semblé incohérent, lâche en quelque sorte, de se rhabiller.

Elle s'avança sur le palier, pénétra dans l'ombre, pieds nus sur le tapis moelleux. Des rayons et des taches de soleil tombant d'une haute fenêtre ou d'une verrière jouaient sur la trame rouge et brun du tapis, sur la partie élimée en haut de l'escalier, ou rebondissaient sur la rampe et enluminaient la poussière qui flottait. Car il y aurait toujours de la poussière dans l'air. Sinon, à quoi bon épousseter?

Elle descendit les marches, ses doigts caressant la rampe, moins pour s'y appuyer que pour en apprécier le toucher délicat. Là où l'escalier tournait, les tringles en cuivre brillaient. Ethel avait de l'huile de coude à en revendre. En bas, le hall parut se crisper à son approche. Comme si les objets battaient en retraite. Jamais ils n'avaient vu chose pareille: une femme nue descendant l'escalier.

Ses pieds rencontrèrent la fraîcheur des dalles du hall. D'un côté de la pièce menant au vestibule il y avait une horloge, de l'autre, un grand miroir. À l'autre bout du hall, elle vit la table sur laquelle était posé le grand vase aux gerbes de fleurs blanches, les précieuses orchidées de Mrs Sheringham. Elles ne ressemblaient à aucune autre fleur. Apaisantes, instamment présentes, chacune d'elles rappelait un papillon gelé.

En aurait-il cueilli une avant de partir ? Elles paraissaient en effet trop précieuses pour qu'on les cueille. Mais pourquoi s'en serait-il soucié ? Ce n'était pas dans sa nature de respecter ce genre de choses. Pas plus, de toute évidence, qu'il n'était dans sa nature d'être ponctuel. L'horloge indiquait deux heures moins le quart ! Qui se rendrait compte qu'une petite fleur manquait sur la tige ? Elle aurait été incapable de dire s'il en manquait une à présent.

Après tout, n'était-ce pas elle qui s'imaginait qu'il avait pu en cueillir une, pour la mettre à sa boutonnière devant le miroir ? Tout comme elle s'imaginait là, cueillant une fleur pour lui. « Tiens... avant de partir. » Et la levant à hauteur de sa boutonnière.

Des tableaux étaient accrochés tout autour du hall, ou échelonnés le long de l'escalier, comme sur les murs de Beechwood. Étrange, le besoin de ces gens-là d'orner leurs murs de tableaux, car elle ne se souvenait pas avoir vu Mr ou Mrs Niven en contempler un. Peut-être n'étaient-ils là que pour être regardés du coin de l'œil ou appréciés par des visiteurs. Voire pour que les bonnes les étudient de près et en deviennent des amateurs éclairés à force d'épousseter leurs cadres et de nettoyer leurs verres.

À tant étudier les portraits de Beechwood, elle se les rappellerait toujours, même à quatre-vingt-dix ans, elle garderait l'impression de feuilleter un catalogue dans sa tête, à l'instar de ces gens qui, dit-on, se souviennent avec une troublante précision des illustrations de leurs premiers livres d'enfant. De même se rappellerait-elle toute sa vie les grands portraits sinistres d'hommes en costume noir — bienfaiteurs ou directeurs — qui pendaient dans le hall de l'orphelinat, où les enfants n'avaient pas droit à une histoire à l'heure du coucher.

Pouvait-elle « cataloguer » cet endroit ? Ou du moins enregistrer et conserver d'une façon ou d'une autre sa présence et la variété de son contenu qui mobilisaient soudain toute son attention ? Dans la mesure où elle n'y reviendrait jamais. Dans la mesure où son temps était limité — combien de temps oserait-elle y consacrer ?

Quant à Paul, d'ici combien de temps, dans sa nouvelle vie, le catalogue de cette maison s'effacerait-il de sa mémoire ? Pas trop vite, imagina-t-elle, osant même l'espérer. Et d'ici combien de temps, le catalogue des moments passés avec elle... ? Avant même que cette journée ne s'achève.

Dans le vestibule — et l'on se serait cru ou presque à Beechwood — elle remarqua les accessoires qui accompagnent, en général, départs et arrivées, récupération ou dépôt des manteaux : un porte-parapluie et un portemanteau. Elle aurait fort bien pu être ici (quoique ce fût la tâche d'Ethel) pour pratiquer l'art essentiel du domestique qui consiste à être à la fois invisible et indispensable. Elle était invisible pour le moment.

Sur une petite table étroite recouverte de feutre où l'on devait parfois déposer gants ou autres effets personnels, elle aperçut la clé qu'il avait sortie pour elle. Une grosse clé, une clé typique, un test en soi, déroutant, qui l'attendait même si elle ne servait qu'à fermer et non pas à ouvrir quoi que ce soit.

Elle ne voulait pas encore la toucher.

De retour dans le hall, elle se trouva face à plusieurs portes. Cela n'avait sans doute guère d'importance. Elle n'avait rien de particulier à faire dans aucune de ces pièces, sauf dans la chambre du premier où ce qu'elle avait à faire était déjà fait. Et pourtant, d'une manière générale, sa tâche incontestable semblait consister à imprégner de sa présence, intruse et dévêtue, cette maison, qui était sienne sans l'être.

Elle s'exécuta donc. Glissant de pièce en pièce. Elle regarda, mémorisa, mais, en secret, laissant aussi une part d'elle-même. Se dire que, si choquante que fût sa visite — elle était à poil ! —, personne ne saurait ni ne devinerait jamais qu'elle avait été ici semblait lui donner des ailes. Comme si sa nudité lui conférait non seulement l'invisibilité, mais aussi l'impunité.

Ethel flairerait quelque chose, bien sûr, mais elle penserait qu'il s'était agi de Miss Hobday.

Elle pénétra dans le salon. On se serait cru dans un petit pays étranger déserté, un amas de biens laissés pour compte, implorants orphelins. Comme si la vie elle-même — jamais cette pensée ne lui était venue à Beechwood — se résumait à un cumul de possessions.

Elle ne put s'empêcher d'y entrer avec la déférence étudiée d'une bonne annonçant une visite ou apportant le thé. Un peu comme si elle pénétrait dans ces immuables sanctuaires qu'étaient à Beechwood les chambres des fils — inutile de frapper, mais vous sentiez que vous deviez le faire —, aussi décida-t-elle sur-le-champ qu'elle ne mettrait pas les pieds dans les pièces qui leur étaient équivalentes ici, au premier étage. En avait-elle réellement eu l'intention ? En tenue d'Ève ?

Le miroir doré au-dessus de la cheminée se dressa soudain devant ses yeux pour l'arrêter, pour prouver son indéniable et flagrante présence. Regarde ! C'est toi ! Tu es ici !

Et *lui*, se croyait-il assuré d'une totale impunité ? Que deux heures et quart pouvaient, d'une façon bien commode, se transformer en une heure et demie ? Elle essaya de deviner le nombre exact de minutes qui lui permettraient d'être simplement excusé pour son retard, excusé mais avec froideur, excusé mais avec colère, pas excusé du tout. Et cela malgré l'imminence de leur mariage, incitant à la magnanimité — ou précisément pour cette raison.

Elle essaya de se mettre à nouveau à la place, dans la peau d'Emma Hobday. Sur le manteau de cheminée était posé un luxueux carton d'invitation à liseré doré, aux coins arrondis, imprimé dans une écriture cursive noire. Une invitation adressée par Mr et Mrs Hobday à Mr et Mrs Sheringham au mariage de leur fille, Emma Carrington Hobday. Une simple formalité, bien sûr, une proclamation à la face du monde. Comme si les Sheringham n'avaient pas prévu d'assister au mariage de leur fils !

« Carrington » ?

De retour dans le hall, elle alla se planter devant le grand miroir comme pour se mettre dans sa propre peau bizarrement intangible. Jamais encore elle n'avait connu le luxe d'un si grand nombre de miroirs. Jamais encore elle n'avait pu se voir en pied et dévêtue. Tout ce dont elle disposait dans sa chambre de bonne, c'était d'un petit miroir carré, guère plus grand qu'une des dalles du hall.

C'est Jane Fairchild ! C'est moi !

Paul Sheringham avait vu, connu, exploré ce corps mieux qu'elle-même ne l'avait fait. Il l'avait « possédée ». Un autre de ces mots. Il avait possédé son corps — ce corps qui était à peu près tout ce qu'elle possédait. Et pouvait-on dire qu'elle l'avait possédé, lui, et qu'elle le posséderait toujours ?

Et lui, avait-il jamais « possédé » Emma Hobday ? Bon, il la « posséderait » d'ici quinze jours.

Elle essaya de se représenter le corps nu d'Emma Hobday — dans quelle mesure il ressemblait ou non au sien. Mais impossible. Elle ne pouvait imaginer Emma Hobday sans vêtements. Que portait-elle aujourd'hui, en ce jour de mars si semblable à un jour de juin ? Une robe d'été fleurie ? Un chapeau de paille ? Elle essaya de voir Emma Hobday dans le miroir. Elle avait même du mal à le voir, lui — il avait pourtant sûrement dû s'arrêter moins d'une heure plus tôt devant ce miroir pour un ultime regard, n'était-il pas magnifique, avec ou sans orchidée ?

Un miroir peut-il garder une image ? Peut-on s'y regarder et voir quelqu'un d'autre ? Peut-on passer de l'autre côté du miroir et *être* quelqu'un d'autre ?

L'horloge sonna deux heures.
Elle ignorait alors qu'il était déjà mort.

Elle se tourna pour choisir une autre porte, en ouvrit une, une deuxième, et se retrouva dans la bibliothèque. Sans doute n'était-ce pas un pur hasard. Les maisons sont construites selon un certain modèle et des maisons « dignes du nom », si modestes soient-elles, comme Beechwood ou Upleigh, avaient leur bibliothèque. En tout cas, elle était contente de se retrouver là.

Normalement, on ne devait entrer dans les bibliothèques, oui, surtout dans les bibliothèques, qu'après avoir discrètement frappé à la porte, même si, à en juger par celle de Beechwood, il n'y avait personne la plupart du temps. Cependant, même sans personne à l'intérieur, elles pouvaient vous donner l'impression plutôt désobligeante que vous n'aviez rien à y faire. Une bonne se devait toutefois d'épousseter — et Dieu sait ce que les livres pouvaient accumuler de poussière ! Entrer dans la bibliothèque de Beechwood revenait presque à pénétrer dans les chambres des garçons, au premier étage. L'utilité des bibliothèques, se disait-elle parfois, tenait moins au fait qu'elles contenaient des livres, qu'à celui qu'elles préservaient cette atmosphère sacrée de « prière de ne pas déranger » d'un sanctuaire masculin.

Par conséquent, peu de choses pouvaient être plus choquantes qu'une femme nue pénétrant en ces lieux. Quelle idée farfelue !

Les murs de la bibliothèque de Beechwood étaient tapissés de livres dont la plupart (et une bonne était bien placée pour le savoir) n'avaient à peu près jamais été ouverts. Mais dans un coin, près d'un canapé Chesterfield en cuir, il y avait une bibliothèque pivotante (qu'elle se plaisait à faire tourner quand elle faisait le ménage) contenant des ouvrages qui, de toute évidence, avaient été lus. En un lieu fréquenté surtout par des adultes, sans doute était-il surprenant de trouver des livres qui remontaient à l'enfance, à l'adolescence ou aux prémices de l'âge adulte, des livres qui, imaginait-elle, devaient avoir jadis circulé entre la bibliothèque et les chambres silencieuses à l'étage. Quelques ouvrages étaient apparemment neufs, ils avaient été achetés dans l'espoir d'être vite lus, mais n'avaient jamais été commencés.

Rider Haggard, G. A. Henty, R. M. Ballantyne, Stevenson, Kipling. Elle avait de bonnes raisons de se rappeler les noms des auteurs et même les titres de certains de ces ouvrages. *La Flèche noire, L'Île de corail, Les Mines du roi Salomon*... Toute sa vie, elle reverrait leurs jaquettes sales et râpées, la teinte précise de leurs reliures en toile, leurs dos fripés et décolorés. En fait, de toutes les pièces de Beechwood, la bibliothèque, si intimidante fût-elle, était celle dont elle préférait s'occuper. C'était là qu'elle se sentait le plus proche d'une petite voleuse à la fois innocente et bienvenue.

Le jour où elle avait craintivement soumis son audacieuse requête, Mr Niven avait réfléchi un bon moment avant de répondre : « Oui, bien sûr que vous pouvez, Jane. » La pause avait peut-être signifié qu'il permettait une inversion dans la hiérarchie de la maisonnée ou qu'il se posait simplement des questions d'ordre pratique : quand diable allait-elle lire tous ces livres avec le travail qu'elle devait accomplir ? Pendant son sommeil ? Il aurait pu s'étonner qu'elle sût lire, s'il n'en avait pas eu récemment la preuve.

Cette pause exprimait toutefois un consentement, voire de la bienveillance.

« Bien sûr que vous pouvez, Jane. »

Des mots magiques, le sésame tant espéré. Une réponse différente — « Voyons, Jane, pour qui vous prenez-vous ? » — l'eût brisée.

Celle-ci méritait l'une de ses plus belles révérences. Rien de moins.

« Mais vous devez d'abord me dire quel livre vous empruntez et, bien entendu, le rapporter.

— Bien sûr, monsieur. Merci infiniment, monsieur. »

Et elle se mit à emprunter de façon régulière des livres à la bibliothèque de Beechwood, guidée, encouragée par Mr Niven. En fait, la situation devint plus délicate en ce qui concernait Mr Niven quand il n'y eut plus d'ambiguïté quant au genre d'ouvrages qui l'intéressaient vraiment. À vrai dire, elle n'était pas attirée par *Le Livre des martyrs* de Foxe ni par les *Vies des ingénieurs* (en cinq volumes) de Smiles. Qui aurait eu envie de lire ça ?

« *L'Île au trésor*, Jane ? Pourquoi diable voulez-vous lire ça ? Voyons, c'est pour les garçons. »

En réalité, il ne fallait pas vraiment voir là une interrogation, mais plutôt l'expression de son étonnement, comme s'il était pris au dépourvu. Il aurait peut-être pu dire, avec force toussotements : « Pas ces livres-là, Jane. N'importe lesquels, mais pas ceux-là. »

Quant à son autre remarque... Eh bien, où étaient les livres pour filles ?

Cela lui était parfaitement égal. Des bouquins pour garçons, des récits d'aventures. Cela lui était parfaitement égal de ne pas lire des livres pour filles, quels qu'ils soient. Aventure. Ce mot surgissait souvent de la page, il lui faisait signe : « aventure ».

Même s'ils en avaient et le temps et les moyens, les Niven de Beechwood, ou ceux de leur espèce, ne semblaient pas le moins du monde aventureux, ni même ouverts à l'idée d'aventure. « Un jamboree à Henley. » Les bibliothèques paraissaient en elles-mêmes un rejet net et sec de l'aventure. Quoi qu'il en soit, celle de Beechwood abritait cette petite cachette pivotante, bourrée d'histoires qui, de toute évidence, avaient autrefois été dévorées, en doses contrôlées, avant le début d'une terne ou terrifiante maturité.

Mr Niven aurait pu dire : « Non, pas ces étagères-là, s'il vous plaît, Jane. » Mais il n'en avait rien fait.

Plus tard, beaucoup plus tard dans la vie, elle dirait, lors d'interviews, en réponse à une éternelle (et fastidieuse) question : « Oh, les livres pour garçons, les livres d'aventures, voilà ce que j'aimais. Qui a envie de lire ces histoires à l'eau de rose pour filles ? »

Ses yeux brillaient par moments, son visage ridé se plissait encore davantage et il lui arrivait d'ajouter, pour paraître moins primesautière, que lire ces livres à cette époque où « la guerre, comprenez bien, la Première, venait à peine de se terminer » revenait à lire au bord d'une ligne de démarcation : des époques toutes proches, mais séparées par un fossé. Pirates, chevaliers en armure, trésors enfouis et bateaux à voiles. C'étaient ces ouvrages-là qu'elle avait lus.

La bibliothèque d'Upleigh était presque la copie conforme de celle de Beechwood. Le même grand mur tapissé de livres qui semblaient ne jamais avoir été lus. Les mêmes petits bustes blancs ou noirs — ayant tout l'air de provenir d'un entrepôt — d'hommes aux sourcils et à la barbe bien fournis et aux épaules drapées d'une toge. Il y avait un bureau et, au lieu du canapé en cuir, deux fauteuils courts sur pattes, couleur brique. Un porte-revues contenait journaux et magazines, insolites témoins modernes en un lieu qui aurait pu passer pour un musée. Le soleil qui entrait par la fenêtre aux rideaux à moitié tirés projetait un rectangle lumineux sur le tapis brun clair.

Sur le bureau étaient empilés des livres qu'elle reconnut comme des manuels de droit, le signe — trop évident pour être honnête — des intentions présumées de Paul de travailler dans la maison vide et tranquille. Par un matin comme celui-ci ? Bûcher ? Elle imagina que ses studieuses résolutions se seraient résumées à fumer des cigarettes les pieds sur le bureau.

Elle eut l'impression de le voir ainsi, tel un fantôme dans la pièce. Du coup, cela faisait deux fantômes, à cette seule différence que son fantôme à elle était — avait été — une présence palpable et nue. Sauf que personne ne le saurait jamais.

On avait beau être en mars, il faisait si chaud qu'une mouche bourdonnait et s'entêtait à se cogner contre la vitre. C'est alors qu'elle aperçut, de l'autre côté du bureau, une petite réserve de livres rappelant celle dans laquelle elle puisait à Beechwood. Elle reconnut des titres d'ouvrages qu'elle avait lus. Elle n'était donc ici ni une parfaite étrangère, ni une intruse. En un sens, elle y était même à sa place.

En tout cas, si Paul Sheringham s'était intéressé à l'un de ces livres, il ne l'avait jamais dit. Il donnait à croire qu'il y avait à Upleigh beaucoup de choses dont on aurait dû se débarrasser. Tous ces foutus chevaux n'avaient-ils pas disparu ? Et quand elle lui avait parlé de ses lectures à Beechwood (ce qu'elle regrettait), il avait accueilli cela d'un petit rire moqueur et dit : « Tu lis toutes ces âneries, Jay ? » Ce qui lui avait aussitôt rappelé que leur relation était surtout physique, ancrée dans l'instant présent, et n'avait pas pour but de bavasser au sujet de bouquins.

Un avocat, lui ? Tu parles...

Une différence à Upleigh : les « livres pour garçons » étaient non pas dans une bibliothèque séparée, pivotante ou non, mais relégués dans une petite partie des étagères principales, facile d'accès, d'où l'on avait sans doute retiré les ouvrages plus sérieux.

L'autre différence étant, bien sûr, qu'elle était là, toute nue, dans celle d'Upleigh, ce qu'elle n'avait jamais fait à Beechwood.

Elle prit l'un des livres de l'étagère devant elle, l'ouvrit, puis, pour une raison qu'elle n'aurait pu expliquer, elle le pressa contre ses seins nus. C'était un exemplaire de *Enlevé !*. Elle le connaissait. Elle avait lu celui de la bibliothèque de Beechwood. Il contenait la carte des

« Vagabondages de David Balfour » et les mots : « À présent, je vais vous conter mes aventures... »

Elle le pressa contre elle, puis le remit à sa place. Personne n'en saurait rien. Personne ne saurait rien du vagabondage ni de l'aventure qu'avait connus le livre. Personne ne saurait jamais rien de la « carte » sur le drap, dans la chambre, là-haut.

Elle sortit de la bibliothèque. Seul bruit, celui du bataillon d'horloges dispersées par toute la maison, qui tictaquaient et ronronnaient. Dehors, le monde chantait, radieux. Ici, tout était assourdi, en suspens, emmuré.

Elle tourna dans un couloir, sachant d'instinct qu'il la mènerait à l'escalier de la cuisine, une pièce si tranquille et silencieuse, constata-t-elle après avoir descendu les marches, qu'elle aurait pu aussi bien être une bibliothèque. Un calme qui lui parut presque troublant. Une cuisine conserve, en général, de sa chaleur, mais celle-ci, située au-dessous des étages ensoleillés et restée inactive toute la matinée, lui parut fraîche. Peut-être était-ce sa faute, à cause de sa nudité.

Elle avait la chair de poule. Son estomac émit un gargouillement peu élégant.

La tourte à la viande recouverte d'un torchon blanc et bleu était sur la table, avec un couteau pour la couper. À côté était posé un plateau avec des couverts, une serviette, des condiments, une bouteille de bière, un verre et un décapsuleur. Un en-cas prévu pour que Mister Paul pût l'emporter, s'il le désirait, où bon lui semblait dans la maison, fût-ce dans la bibliothèque, pour ne pas interrompre son travail. À moins qu'il ne souhaitât savourer l'expérience inédite de manger seul à la cuisine, à supposer, bien sûr, qu'il n'eût pas d'autre projet pour meubler son temps et déjeuner.

De toute façon, par une journée pareille, qui aurait eu envie de plonger son nez dans des livres ?

La tourte à la viande était largement entamée, mais il y en avait néanmoins trop pour une personne. Quoi qu'il en soit, elle l'attaqua avec une voracité subite, faisant fi des bonnes manières. Il n'y avait personne pour la voir. Sans doute Paul aurait-il pu faire de même pour peu que la journée eût pris un tour différent, qu'elle eût été en accord avec le prétexte qu'il avait inventé. Il aurait pu alors descendre à la cuisine et, pour le simple plaisir pervers de ce caprice, dévorer la tourte sur place, à la table. Peut-être eût-il alors cessé d'être le distant Paul Sheringham, dans toute sa splendeur, et, sans témoin, les joues bouffies de tourte, se transformer en collégien glouton ou en clochard affamé.

Et elle, avec ses deux shillings et six pence en poche et profitant de sa liberté, telle une de ces dames nanties, se serait sans doute arrêtée dans le salon de thé d'un village pour des sandwichs aux œufs et au cresson et, bien sûr, un gâteau.

À l'heure qu'il était, il devait être assis avec elle, au Swan, sur son trente et un. Comment avait-il pu y arriver ? Par enchantement ? Ou par culot et par bravade ? « Bon, écoute, je suis ici maintenant... » Ou parce qu'il était prêt à jouer son va-tout ? « Eh bien, si tu veux tout annuler... »

Cela avait-il même pu être son plan, un plan brutal,

fignolé ? Cette idée lui donna une brève lueur d'espoir. Tout annuler après avoir préparé le terrain en causant une vive contrariété.

Elle essaya d'imaginer la scène tout en se goinfrant de tourte à la viande comme lui, assis là, aurait pu le faire : les joues prêtes à éclater, des miettes sur toute la table. Elle voulait la manger, cette tourte qu'il n'avait pas mangée, la manger à sa place. Comme si elle *était* lui.

Un délice. Elle ouvrit la bouteille de bière, en but une ou deux gorgées, juste pour faire descendre la nourriture. La bière avait le même goût que celui qu'elle lui avait toujours trouvé les rares fois où elle en avait bu : un goût rappelant des feuilles d'automne brunies. Elle reprit de la tourte. Et voilà qu'elle eut soudain l'impression d'être la plus misérable, la plus désespérée des créatures : rien sur le dos, pas de toit à elle au-dessus de sa tête et en train de manger la pitance d'autrui.

Elle frissonna, se leva. Elle avait trop mangé de tourte, de toute façon. Elle émit un renvoi sonore. Elle laissa tout tel quel, pour la simple raison qu'il aurait fait de même, se dit-elle. Comme il avait laissé ses vêtements après s'être changé. Elle se retourna même sur le seuil de la porte pour regarder le désordre comme s'il résultait de la seule insouciance de Paul. Bien entendu, Ethel nettoierait et rangerait plus tard. Ethel ou Iris. Peut-être l'une ou l'autre trouverait-elle bizarre qu'il eût dévoré la tourte s'il était allé déjeuner avec Miss Hobday. Et s'il était allé déjeuner avec Miss Hobday, n'était-il pas tout aussi bizarre qu'il y eût cette tache sur le drap ?

Mais Ethel, si c'était elle qui devait remarquer la tourte ou la tache, reconstituerait sans doute une histoire proche de celle qu'elle-même, la bonne de Beechwood, avait un court instant envisagée. À savoir que, par une aussi belle matinée, Miss Hobday avait décidé de se rendre en voiture à Upleigh pour « faire une surprise » à Mister Paul. Entre-temps, Mister Paul, qui peinait sur ses manuels de droit, avait commencé à s'ennuyer et à avoir faim. Il s'était alors souvenu de la fameuse tourte à la viande. Les restes du pillage et la bouteille à peine entamée pouvaient donner à croire qu'il avait été surpris en pleine razzia au milieu de la matinée. Après l'arrivée de Miss Hobday, une chose en avait entraîné une autre, inopinément ou pas, d'où la tache sur le drap.

Après avoir profité de la maison vide, Mister Paul et Miss Hobday s'en étaient allés à leur déjeuner, chacun dans sa voiture, histoire de sauver les apparences et de faire croire qu'ils s'étaient retrouvés sur le lieu de leur rendez-vous. Qui sait même si Ethel ne se souviendrait pas qu'au cours de leur étrange trajet jusqu'à la gare, Mister Paul avait dit qu'il prévoyait de déjeuner avec Miss Hobday, ce à quoi Iris avait répondu que, de toute façon, elle avait sorti la tourte à la viande au cas où il aurait faim. Bien entendu, il n'était pas obligé de parler de ses projets aux domestiques et cela semblait bizarre qu'il l'eût fait. Mais qu'il les eût conduites lui-même à la gare était tout aussi bizarre.

Et cette journée était bizarre.

Ethel, se dit-elle plus tard, pouvait avoir inventé une telle histoire, elle pouvait même s'être aperçue, le moment venu, des points faibles. Mais il était bien plus probable qu'Ethel, en s'activant à faire disparaître miettes et tache, n'aurait guère réfléchi ni aux unes ni à l'autre, pas plus qu'à leurs implications coquines, car ce n'était pas son affaire. De toute façon, elle avait bien assez de choses en tête, après sa visite à sa mère.

Ethel, ou Iris, davantage concernée par la tourte et l'incursion dans la cuisine, s'était-elle seulement demandé : « S'il a mangé la tourte, était-ce là son dernier repas ? »

Elle gravit l'escalier. En dehors des livres d'aventures pour garçons, un autre genre de littérature connaissait un vif succès et bénéficiait même de la faveur des adultes. Mais elle dirait plus tard, lors d'interviews, qu'elle n'avait jamais eu beaucoup de temps à consacrer aux romans policiers. Ni pour les lire, ni, encore moins, pour en écrire. La vie était déjà bien assez énigmatique.

De la cuisine, elle grimpa vers la chaleur et la lumière des étages supérieurs. Bien que rien ne la pressât — la pendule du hall indiquait deux heures vingt, le monde était encore à table — elle eut envie de partir. Elle avait suffisamment exploré la maison.

C'est alors (elle se souviendrait toujours de l'heure précise de l'appel) que le téléphone — ou un téléphone — sonna dans une alcôve qu'elle n'avait pas remarquée. Pétrifiée, elle eut l'étrange sensation qu'il avait sonné parce qu'elle s'en était approchée. Quoi qu'il en soit, elle ne répondit pas, c'eût été stupide, si douée fût-elle en la matière. La sonnerie persista, elle demeura figée sur place, comme si l'appareil avait pu, d'une façon ou d'une autre, observer ses moindres mouvements — une idée non moins stupide.

Du reste, n'était-ce pas parfaitement stupide de sa

part, de se tenir là, dans ce hall qui ne lui était pas familier, nue comme un ver ?

Elle gravit l'escalier, rentra dans la chambre. Tout était, bien sûr, dans l'état où elle l'avait laissé. Seuls les flots du soleil avaient un peu décliné. La fenêtre était ouverte, les vêtements sur le fauteuil, un de ses bas était entortillé avec le pantalon dont Paul n'avait plus voulu. Le lit était défait. La tache, un peu plus sèche. Comme si, durant ce court laps de temps où elle était restée vide, on avait entouré cette pièce d'une clôture invisible. Était-ce vraiment là où... ? Était-ce vraiment là que... ?

Voilà bien la grande question : cela s'était-il vraiment passé ?

Dehors, les oiseaux pépiaient à qui mieux mieux et, dans le ciel bleu, elle n'apercevait pas, ni ne se rappellerait avoir aperçu, le moindre nuage.

Le miroir de la coiffeuse lui renvoya une triple et ultime image de sa nudité. Elle remit ses vêtements. Ils glissèrent sur elle tel un déguisement souvent porté. Elle toucha — juste pour toucher, pour caresser, et non pour le ranger — le pantalon de Paul. Elle ne ferma pas la fenêtre. Sans doute lui aussi l'aurait-il négligemment laissée ouverte. Le boulot d'Ethel. De toute façon, qui viendrait avec une échelle... ? Elle ne toucha pas au lit, ne couvrit pas la tache.

Les jeunes gens dans leur cadre sur la coiffeuse ne semblaient plus s'intéresser à elle. Était-ce une vaine illusion de sa part que d'imaginer qu'ils avaient jeté quelques coups d'œil dans sa direction ? Impassibles, ils fixaient à travers elle un appareil photo dont le déclic avait fixé l'image des années plus tôt. S'arrêtant sur le seuil, elle prit sa propre photo mentale. Puis elle partit.

Elle s'arrêta de nouveau dans le hall et cueillit — arracha — une des orchidées de la gerbe. Si lui ne l'avait pas fait, eh bien elle le ferait. Elle se rendit compte aussitôt que si elle la portait, ce serait la plus irréfutable des pièces à conviction. Si jamais elle retournait à Beechwood avec l'orchidée accrochée à sa robe. Mais ce n'était pas pour l'exhiber. Elle la glissa là où, plus tôt, elle avait caché sa demi-couronne. La fleur ne tarderait pas à s'y flétrir ou à se faner, mais elle lui servirait de preuve. Ainsi saurait-elle pour toujours. Elle seule. Et personne d'autre.

Des livres d'aventures et non des romans policiers. Des livres pour garçons. Voilà ce qui l'intéressait. Et, pour éviter que l'entrevue ne devienne trop « intello », son interviewer lui demanderait peut-être d'un ton badin : « Et les garçons, eux ?

— Évidemment », répondrait-elle avec un geste désinvolte de sa main de quatre-vingts ans, l'air de dire : « Oh, arrêtez avec ça ! » Comme si ses soupirants faisaient la queue devant sa porte. Dans l'obscurité de la salle, le public aurait peut-être l'obligeance d'y aller d'un petit rire. Et dans cette atmosphère enjouée, sans doute le journaliste ne la verrait-il pas plisser les yeux un quart de seconde, en changeant de sujet.

Car la vie elle-même pouvait être une aventure. Tel était le message sous-jacent (de nos jours on parlerait de « sous-texte ») de tous ces ouvrages. Y avait-il, en fait, une autre façon de vivre ? Et l'aventure ne devait pas nécessairement comporter des pirates ou des situations dont on se tirait de justesse. Elle pouvait être une permanente prise de risque mentale. Supposer, imaginer. À quoi les écrivains passaient-ils donc leur temps ? N'étaient-ils pas les êtres les moins aventureux du monde ? Assis toute la sainte journée à leur bureau.

Mais elle ne disait pas ce genre de choses dans ses interviews. Avec un clin d'œil bienveillant, l'ironie aux lèvres, elle se contentait d'esquiver malicieusement leur vérité intime.

Je vais vous conter mes aventures...

Elle cacha la clé sous le morceau d'ananas en pierre. Comment Freddy avait-il pu le casser avec une batte de cricket ? Il aurait plutôt fallu une hache de guerre. Et elle ignorait lequel des deux garçons dans les cadres en argent était Freddy. Elle aurait pu le demander, aurait dû le demander, mais elle ne l'avait pas fait. « Qui est qui ? Parle-moi d'eux. » Aurait-ce été le bon moment quand ils étaient allongés l'un contre l'autre sur le lit ? Ou aurait-il éludé la question, avec une grimace de dégoût ?

Maintenant elle ne le saurait jamais.

Là, appuyée contre le mur, l'attendait sa bicyclette potentiellement compromettante qui n'avait compromis personne. Elle la poussa un moment à la main, sur le gravier, avant de monter dessus. Elle sentit une légère brûlure au contact de la selle. Elle resserra sa jupe et la coinça sous elle. La journée était radieuse, l'air d'une voluptueuse douceur.

Un sentiment inattendu de liberté la submergea. Sa

vie ne faisait que commencer, elle ne s'achevait pas, elle ne s'était pas achevée. Jamais elle ne pourrait expliquer (ni n'aurait à expliquer) ce renversement illogique qui la bousculait. Comme si, en fin de compte, c'était le monde à l'envers, comme si ce qu'elle laissait derrière elle n'était pas enfermé, perdu, enseveli dans une maison, mais se mêlait profusément à l'air qu'elle respirait. Jamais elle ne serait capable d'expliquer cette sensation, et elle ne l'éprouverait pas moins, fût-ce plus tard, lorsqu'elle découvrirait que cette journée s'était, en réalité, retournée comme un gant. Comment la vie pouvait-elle être si cruelle et si généreuse à la fois ?

Elle se mit à pédaler, mais non pas dans l'allée principale aboutissant au portail et à la route — chemin que lui avait pris en partant et elle en arrivant. Une vieille habitude, tacite, lui fit suivre l'ancien itinéraire. Le long de l'écurie, à travers les rhododendrons, le long du potager, de la remise, de la serre, puis par des sentiers sinueux se faufilant entre des arbrisseaux hirsutes jusqu'à une espèce de jungle menant à un bosquet. Elle connaissait chaque tournant, chacune des dépendances, chaque massif. Ils s'y étaient donné rendez-vous et en avaient souvent profité. « Le sentier du jardin » était d'ailleurs la consigne habituelle de Paul.

Elle garderait toujours en mémoire le chemin secret de Beechwood à Upleigh, elle aurait même pu, n'importe quand, en tracer une carte, comme celle de *L'Île au trésor* ou celle des vagabondages de David Balfour dans les Highlands. Elle en serait toujours capable, mais, en fait, dessiner une carte secrète eût été une contradiction, une trahison.

« Le sentier du jardin, Jay. » Et, un jour, il avait ajouté

d'un ton vibrant d'une étrange sincérité : « Tu peux me faire confiance. »

Le bosquet menait à des broussailles et des ronces, puis à une haie mal taillée où se trouvait une autre sortie qui appartenait encore au domaine d'Upleigh. Il lui fallait alors hisser son vélo par-dessus un échalier, exercice auquel elle était rompue. Elle aurait pu, bien sûr, dissimuler sa bicyclette dans la haie, comme à l'habitude et en toute sécurité. Mais l'ordre net et précis de Paul l'avait autorisée à faire autrement. La porte de devant.

Au-delà du buisson d'aubépine — touffue à cet endroit, comme si, en quelques heures, elle s'était encore enjolivée de feuillage et parsemée de fleurs blanches vaporeuses — serpentait une petite route de campagne. Une fois sur l'asphalte, elle pourrait foncer vers n'importe quelle destination, telle une simple et insouciante cycliste, roulant en pleine nature par un sublime dimanche après-midi.

Soudain elle s'arrêta, paniquée, ne sachant quelle direction prendre. Il devait être trois heures. Il lui restait la moitié de l'après-midi. Tourner à gauche serait le chemin le plus rapide pour regagner Beechwood, le choix le plus évident était donc de tourner à droite. Mais pour aller où ? S'élançant sur son vélo, elle décida que peu importait, l'essentiel était de rouler, de filer dans cet air d'une enivrante douceur. La route à droite la mena au bas d'une longue pente ensoleillée, suivie d'une montée peu abrupte (derrière la propriété des Sheringham). En ne décidant rien, elle avait donc fait le bon choix.

Elle pédala dur au départ, puis se mit en roue libre et acquit de la vitesse. Elle entendait ronronner son vélo, elle sentait l'air gonfler ses cheveux, ses vêtements et, semblait-il, ses veines. Le sang chantait dans ses veines et elle en aurait fait autant si la force irrésistible de l'air ne l'avait pas empêchée d'ouvrir la bouche. Jamais elle ne saurait expliquer cette totale liberté, cette folle impression que tout était possible. Dans tout le pays, des bonnes, des cuisinières et des nounous avaient été « libérées » pour la journée, mais y en avait-il une qui fût aussi libre qu'elle ? Paul Sheringham lui-même était-il aussi libre qu'elle ?

Aurait-elle fait ce qu'elle venait de faire aujourd'hui, si elle avait eu une mère chez laquelle se rendre ? Aurait-elle eu la vie qu'elle ne savait pas encore qu'elle aurait ? Sa mère aurait-elle pu savoir, en faisant ce choix terrible, à quel point elle l'avait comblée ?

Elle porterait sur elle-même un regard maternel, elle n'oublierait jamais cette fille sur sa bicyclette, et pourtant elle ne la mentionnerait ni n'en parlerait jamais à qui que ce soit.

Fille ? Elle avait vingt-deux ans, de l'air dans sa jupe et un « bonnet hollandais » dans le vagin.

En haut de la côte il y avait un carrefour avec l'un de ces poteaux indicateurs de campagne pointant dans quatre directions, écrites noir sur blanc. Elle aurait pu suivre n'importe laquelle et rouler pour toujours. Elle emportait son trésor caché, elle s'était goinfrée en douce de tourte à la viande et avait lampé une bière dans cette maison, là-bas, derrière les arbres !

Elle s'arrêta un long moment au carrefour. Trois heures. À Henley, le dessert achevé, les convives devaient parler du grand événement à venir. Mr Hobday avait dû imposer sa bienveillante autorité à l'assistance et Mr Niven avait peut-être commencé à espérer qu'il n'aurait pas à partager l'addition. Entre-temps, à Bollingford, peut-être que les sujets de leurs plaisantes préoccupations avaient, par quelque miracle, dépassé — qui sait ? — l'instant où tout aurait pu exploser. Un feu d'artifice noyé dans du champagne. Sans doute Emma Hobday avait-elle succombé à l'assurance inébranlable de Paul Sheringham. « Tu en es sûre, Emsie ? Un jour comme aujourd'hui ? Pour une malheureuse demi-heure de retard... D'accord, quarante minutes. On ne va pas chipoter sur dix minutes. » À présent, sa main cherchait le genou d'Emma.

Est-ce ainsi que les choses auraient pu se passer ? Tous ces scénarios. Une simple supposition.

Elle avait un pied sur l'accotement, l'autre sur la pédale. Pas le moindre bruit, pas même un murmure, qui laissât deviner des voitures. Juste le chant des oiseaux et, dans la douce tiédeur de l'air, le timide bruissement de... tout. Le printemps !

Elle tourna à gauche, puis de nouveau à gauche au bout d'environ un kilomètre. Le chemin des écoliers pour rentrer à Beechwood. Elle disposait encore de la moitié de l'après-midi, mais elle savait, à présent, ce qu'elle voulait faire du reste de son temps libre.

C'était ce qu'elle aurait fait de toute façon, ce qu'elle aurait dit à Mr Niven, si les circonstances n'avaient, par bonheur, changé le cours des événements. Ou alors, elle aurait pu partir tout simplement sur sa bicyclette, avec un sandwich de Milly et deux shillings et six pence, en quête d'un coin tranquille et ensoleillé. Pour s'asseoir ou s'allonger, avec son vélo et son livre. Un roman de Joseph Conrad. Elle n'avait jamais entendu parler de cet auteur. Elle venait d'en commencer la lecture.

Elle aurait pu apporter le livre, pensa-t-elle, de manière à l'avoir maintenant. Une idée absurde ! La porte de devant, son « bonnet hollandais »... et un livre ! Si le téléphone n'avait pas sonné, triomphal, elle aurait pu, dès le début, annoncer son intention de s'asseoir dans le jardin avec un livre.

« Avec votre permission, Mr Niven. »

Et lui, imaginant cette scène charmante, aurait pu répondre : « Bien sûr que vous pouvez, Jane. »

Eh bien, elle terminerait son jour de congé, son dimanche des mères, de la façon dont il aurait pu commencer.

C'est donc pour se rendre à un rendez-vous avec un livre — avec Joseph Conrad — qu'elle tourna à gauche, puis encore à gauche, rentrant à Beechwood plus tôt que nécessaire, même si ce n'était pas le chemin le plus direct ni le plus rapide. Elle pourrait malgré tout continuer de profiter de ce beau soleil et du bonheur de se sentir pleinement en vie sur son vélo qui filait à toute allure en ronronnant. Elle pourrait graver à jamais dans sa mémoire le souvenir de ce moment.

Elle arriva à Beechwood peu après quatre heures et, à sa grande surprise, elle découvrit que Mr et Mrs Niven étaient déjà de retour. Elle remontait l'allée quand elle aperçut Mr Niven qui se tenait sur le gravier, à côté de la Humber, dans une pose identique ou presque à celle dans laquelle elle l'avait aperçu le matin, bien que, de toute évidence, lorsqu'elle s'approcha de lui, il fût dans un état d'esprit bien différent. « Jane. C'est vous, Jane ? »

Une drôle de question : aurait-elle pu être quelqu'un d'autre ?

« Jane, est-ce vous... de retour si tôt ? J'ai une nouvelle bien désolante à vous annoncer. »

Un jour, alors que son activité — sa profession et même la raison de sa « célébrité » — consistait depuis longtemps à écrire des histoires et à jongler avec les mots, on lui poserait une autre de ces éternelles et quelque peu lassantes questions : « Quand au juste êtes-vous devenue écrivain ? » Elle y avait répondu d'innombrables fois et, à vrai dire, vous ne pouviez donner une réponse différente à chaque fois. Et pourtant, en entendant sa réponse classique, ses interlocuteurs — détail surprenant, dans la mesure où son métier était de raconter des histoires — ne se hâtaient pas de conclure que, là encore, elle leur racontait des histoires, qu'elle plaisantait en quelque sorte. Ils la prenaient au mot. Après tout, c'était une bonne réponse, une réponse quasiment incontestable.

« À ma naissance. À ma naissance, bien sûr », disait-elle, même quand on lui posait cette question alors qu'elle était septuagénaire, octogénaire ou nonagénaire et que sa naissance, qui demeurait un mystère, semblait le plus lointain et le plus étrange des grands moments de sa vie.

« J'étais orpheline, révélait-elle pour la énième fois. Je n'ai jamais connu ni mon père ni ma mère. Ni mon vrai nom. Si tant est que j'en aie jamais eu un. Cela m'a toujours paru la condition idéale pour devenir écrivain — surtout romancière. N'avoir aucune référence. Partir avec une feuille vierge ou, plutôt, *être* soi-même une feuille vierge. N'être personne. Comment peut-on devenir quelqu'un si l'on n'a pas d'abord été personne ? »

Une lueur particulière brillait alors dans ses yeux, une ride supplémentaire apparaissait au coin de sa bouche, donnant à croire au journaliste qu'en effet elle n'était pas née de la dernière pluie. Jane Fairchild avait la réputation d'être fine mouche. Même si cette petite lueur dansait dans ses yeux, son regard était direct, et son visage, si fripé fût-il, reflétait une absolue sincérité. Comme si regard et visage répliquaient en toute innocence : « Vous croyez que je vous mentirais ? »

« Et pas seulement une orpheline, poursuivait-elle parfois, mais une *champise*. Tiens, voilà un mot à ajouter à votre vocabulaire, peu employé de nos jours, n'est-ce pas ? *Champise*, une enfant trouvée. On croirait une expression du dix-huitième. Ou droit sortie d'un conte de fées. On m'a déposée sur les marches d'un orphelinat — comme un balluchon, je suppose — et on m'a recueillie. C'est ce qu'on m'a raconté. À l'époque, il y avait des endroits où ce genre de choses pouvait arriver. 1901. Un monde différent. Disons que, comme départ dans la vie, il pourrait y avoir mieux, et pourtant, par certains côtés » — la lueur se rallumait alors dans ses yeux — « c'était parfait.

« Fairchild est l'un de ces noms que l'on donnait aux enfants trouvés. De nombreux Fairchild, Goodchild, Goodbody et ainsi de suite sortaient des orphelinats, une façon de leur assurer un départ favorable dans la vie, je présume. On me demande parfois — Dieu sait pourquoi — si j'écris sous mon nom, sous mon vrai nom. Eh bien oui, j'écris sous le nom qu'on m'a attribué. Jane Fairchild. Mais cela pourrait aussi bien être un nom de plume. Je pourrais aussi bien m'appeler Jane la Champise. Ça ne sonne pas si mal, qu'en pensez-vous ? Ce serait assez joli, non ?

— Et Jane ?

— Oh, ça c'est un nom de fille très courant. Jane Austen, Jane Eyre, Jane Russell... »

Avec un éclair de malice dans les yeux et en pinçant les lèvres, elle laissait croire qu'elle était venue au monde avec un permis d'inventer des histoires. Et un intérêt passionné pour la façon dont les mots se reliaient aux choses.

« Le droit que j'ai acquis en naissant, pour ainsi dire. »

Cependant, elle ne révélait jamais que le moment où elle était réellement devenue écrivain, celui où la semence de l'écriture (« semence », un autre mot intéressant) avait été plantée en elle, remontait à une belle journée de mars ; elle avait à l'époque vingt-deux ans et s'était promenée dans une maison sans rien sur elle — aussi nue qu'en venant au monde. Elle s'était alors sentie à la fois plus elle-même, plus Jane Fairchild que jamais, mais aussi plus que jamais tel un fantôme. Elle avait senti, pourriez-vous dire, ce que signifiait vraiment être mise sur cette terre, être placée, somme toute, sur le seuil merveilleux de la vie.

Après tout, comment dire, dans une interview publique (très animée, comme c'était parfois le cas) : je me suis baladée à poil dans une maison qui n'était même pas la mienne, et où je n'étais jamais entrée. Et qu'est-ce que je fabriquais là ? Eh bien, c'était là toute une histoire, une histoire qu'elle s'était juré de ne jamais raconter. Et jamais elle ne l'avait racontée. Ni ne la raconterait.

Et pourtant, n'était-elle pas une conteuse professionnelle ?

C'était le dimanche des mères 1924. Une coutume bien différente de cette absurdité que l'on appelle de nos jours fête des mères. Et elle n'avait pas de mère, voyez-vous.

Elle avait grandi dans un orphelinat, puis elle avait été placée comme domestique. « Placée », encore une expression que l'on n'entend plus guère aujourd'hui, mais un autre « départ dans la vie » qu'elle recommandait à tout aspirant écrivain (quoique difficilement recommandable en 1980 ou 1990). Vu qu'il faisait de vous un observateur professionnel de la vie, du dehors vers le dedans. Vu que ceux qui servaient servaient et que ceux qui étaient servis... vivaient. Bien que parfois, pour être honnête, on eût dit tout le contraire, à l'époque. C'étaient les serviteurs qui vivaient — une vie dure, c'est entendu —, quant à ceux qui étaient servis, ils ne semblaient pas trop savoir que faire de leur vie. De vraies âmes en errance, pour certains d'entre eux...

Elle avait donc été placée comme domestique à quatorze ans. Deux ans plus tard, en 1917, elle était arrivée à Beechwood, dans le Berkshire. On pourrait dire qu'elle avait à nouveau été « recueillie », cette fois par Mr et Mrs Niven dont la famille venait d'être amputée de deux fils et qui, en ces temps difficiles qu'était la guerre, n'avaient besoin que d'une bonne encore novice dans ce métier (ce qui signifiait sans doute aux gages modestes) en plus de leur cuisinière.

Pour des raisons connues d'eux seuls — quoique assez évidentes — ils avaient fini par choisir une orpheline, puis découvert que ce pauvre être abandonné ne manquait ni de jugeote ni de vivacité. Il s'avéra qu'elle savait lire, plus que la plupart des bonnes, plus que le mot « Brasso » sur une boîte en fer-blanc, qu'elle savait écrire plus qu'une simple liste de commissions, qu'elle savait compter.

« Dites-moi, Jane, combien font trois shillings et six pence plus sept shillings et six pence ?

— Onze shillings, monsieur. »

Elle était à moitié instruite.

Et ne voilà-t-il pas qu'un jour elle avait voulu lire des livres ! Oui, des livres ! Au lieu de passer pour fichtrement culottée, cette envie n'avait fait que stimuler les instincts charitables des maîtres de maison, éveillant chez Mr Niven une sorte de bienveillance paternelle à l'égard de cette orpheline, de cette enfant trouvée, qu'il avait autorisée à emprunter des ouvrages de sa propre bibliothèque.

En apprenant le genre de livres qu'elle préférait, il aurait pu protester avec gentillesse et fermeté, mais sans doute les préférences de la jeune fille n'avaient-elles fait qu'accroître cette bienveillance. De temps à autre, lui-même disparaissait dans la bibliothèque. C'était à cela que servait cette pièce, se disait-elle parfois : à permettre à des hommes d'y disparaître et d'y être importants, même s'ils avaient disparu. Parfois, elle se disait aussi que Mr Niven s'y retirait pour pleurer.

La bienveillance de Mr Niven s'étendait aussi à ses éventuelles « disparitions » à elle. Mr et Mrs Niven n'avaient pas à se plaindre de son travail — bien au contraire — mais il lui arrivait à certains moments d'être étrangement absente — en dehors de ses journées ou demi-journées de congé officielles, cela s'entend. Elle prenait, semblait-il, beaucoup de temps pour faire de simples courses. Elle disait alors avoir crevé, ou que la chaîne de son vélo avait de nouveau déraillé (un mauvais sort semblait s'acharner sur cette Deuxième Bicyclette) et qu'elle avait dû demander de l'aide à des cyclistes complaisants qui passaient par là. Mais certaines fois — aux heures plus tranquilles de la journée, il est vrai — elle était carrément introuvable.

Quoique à présent ses absences puissent peut-être s'expliquer : elle avait réussi à prendre un instant de repos dans sa chambre, non pour se lamenter en privé sur son triste sort d'orpheline, comme on l'avait, avec attendrissement, supposé autrefois, mais pour lire. Comment auriez-vous pu lui permettre d'emprunter des livres puis lui dénier quelques moments de loisir pour les lire ? Il fallait regarder les choses en face : la maison n'était plus dirigée avec une discipline de fer comme autrefois. D'ailleurs, voyez où la discipline avait mené le monde.

Mr Niven ou sa femme s'étaient-ils jamais posé des questions, avaient-ils jamais deviné ?

Oui, bien sûr, disait-elle avec cette lueur dans les yeux, elle avait eu de la chance d'être née sans rien.

Sans même un nom, en réalité. Sans même connaître sa vraie date de naissance. De ce fait, elle n'avait ni nom, ni âge. Là-dessus, son visage d'octogénaire s'épanouissait en un sourire.

Le premier mai était le jour de naissance qu'on lui avait attribué, par approximation et sans doute aussi parce qu'un premier mai c'était une bien jolie date, tout comme Jane Fairchild était un bien joli nom. Certaines mères, disait-on, laissaient dans le balluchon un mot précisant le nom et la date de naissance du bébé. Seulement le prénom. Et plus il était courant, mieux c'était. Personne n'aurait jamais déposé une Laetitia. À bien y réfléchir, le nom ne devait avoir été qu'une idée de toute façon. N'importe quel nom n'était-il pas juste une idée ? Après tout, pourquoi appelait-on un arbre « arbre » ?

Elle aurait peut-être même aimé s'appeler Jane Balluchon.

Et quelle importance cela pouvait-il avoir si vous vous trompiez sur votre date de naissance ? S'il s'agissait en réalité du 25 avril, même si vous n'en saviez rien ? Le mauvais jour devenait le bon jour, voilà tout. C'était là la grande leçon de la vie, que faits et fiction ne cessaient de se confondre, d'être interchangeables. De toute façon, si vous étiez une bonniche, on ne vous accordait guère le loisir de fêter votre anniversaire — à supposer que quelqu'un le connaisse. On ne vous donnait pas congé pour la journée. Être une bonne, c'était un peu comme être une orpheline : vous viviez dans la maison d'autrui, vous n'aviez pas de chez-vous.

Sauf le dimanche des mères, quand vous aviez votre journée pour aller dans votre famille. Ce qui avait toujours pour effet de la dérouter. Comment s'occuperait-elle, que ferait-elle d'elle-même, ce jour-là? Elle ne pouvait guère se mettre à la recherche de sa mère.

Mais qu'aurait-elle fait d'elle-même, de sa vie, si elle n'avait pas été une bonne? Elle supposait — et son visage ridé s'épanouissait à nouveau — que c'était là une situation très fréquente chez les êtres humains. D'être dérouté, de ne pas savoir que faire de soi.

Elle les appelait « mes années de bonne » ou « mes années de jeune fille » sans jamais ajouter: « mais pas longtemps mes années de pucelle ». « Mes années de service. » On a du mal à imaginer à l'heure actuelle que la moitié de la population était alors « en service ». Née en 1901 — l'année, au moins, devait être exacte —, elle grandirait pour devenir domestique, ce que le premier venu aurait pu prédire. Mais qu'elle devînt écrivain, cela, personne ne l'aurait prédit. Y compris les membres bienveillants de la direction de l'orphelinat qui l'avaient fait naître un premier mai sous le nom de Jane Fairchild. Et sa mère encore moins que quiconque.

Lorsqu'on lui demandait, au cours des interviews, de décrire l'atmosphère de ces années de guerre (de la Première Guerre, bien entendu), elle répondait que cette époque était si lointaine, si différente — il s'agissait pour ainsi dire d'un autre monde —, qu'essayer de s'en souvenir revenait presque à... écrire un roman. Avait-elle réellement été attentive à ce qui se passait autour d'elle à l'époque? Par souci d'honnêteté, elle ajoutait qu'elle n'était pas sans savoir toutes ces pertes et tous ces deuils. Comment aurait-on pu les ignorer ? Chaque semaine, elle faisait le ménage dans deux chambres où tout devait rester « exactement comme c'était ». Vous y entriez et, après avoir respiré un bon coup, vous vous mettiez au travail.

Elle ne les avait pas connus, les garçons qui occupaient ces chambres, et ce qu'elle se disait surtout, c'était que *chacun* disposait d'une pièce entière pleine de meubles. Et si, à la naissance, vous aviez été complètement démuni — et c'était bien son cas, n'est-ce pas ? — comment pouviez-vous pleinement partager ce désarroi, comment pouvait-il vous rester assez de compassion pour cela ? Après tout, la guerre, ce n'était pas sa faute, pas vrai ? Certes, vous pouviez dire qu'elle avait eu de la chance de ne pas avoir à s'inquiéter pour un frère, un père, sans parler — à son âge — d'un mari. Eh oui, elle avait eu la chance d'avoir été élevée dans un bon orphelinat — ces établissements n'étaient pas tous des endroits où l'on vous maltraitait. Sa mère, quelle qu'elle fût, avait peut-être agi avec un certain discernement.

Elle avait donc reçu une éducation ordinaire, à la différence de beaucoup d'enfants qui, eux, avaient des parents. Et de beaucoup de jeunes qui avaient été expédiés dans les tranchées. Elle avait été placée comme domestique à l'âge de quatorze ans, sachant relativement bien lire et écrire — libre de tous liens familiaux — et dotée d'un appétit inhabituel pour la vie.

Et qui n'aurait pas voulu être Jane Fairchild, née un premier mai ?

Oui, elle avait vraiment de la chance — et là son visage s'épanouissait de nouveau — d'être née indigente.

« Es-tu une orchidée, Jane ? » avait demandé Milly, la cuisinière, en l'examinant de la tête aux pieds peu après son arrivée, comme pour évaluer le genre de spécimen avec lequel elle aurait à travailler.

« Ma mère aussi était une orchidée. »

Avait-elle vraiment dit ça ? Et, dans l'affirmative, avait-elle employé ce mot délibérément, sciemment — sachant qu'il était incorrect, qu'il ne convenait pas ? Le regard de Milly la cuisinière reflétait une parfaite ingénuité, une extrême candeur. D'ailleurs, quelle importance cela avait-il qu'elle eût employé un mot impropre — si celui-ci convenait mieux ? Il eût été malséant de lui faire remarquer son erreur — d'ainsi souligner, à ce moment-là, la méconnaissance de la langue et le manque d'instruction de Milly tout en exhibant ses acquis personnels en ce domaine. À supposer qu'il se fût agi d'une erreur. Orchidée... Orpheline...

Et fussiez-vous une orpheline, qui sait si vous ne pouviez pas vous transformer en orchidée, Cendrillon ne s'était-elle pas transformée en princesse ?

Avait-elle vraiment dit cela ? Ou avait-elle mal entendu ? Ou avait-elle inventé cette conversation entre Milly et elle ? Même à cette époque ? Sûrement pas. La grande leçon de la vie. De telle sorte qu'un jour elle puisse inventer un personnage — un personnage mineur, mais haut en couleur, de son roman *Dis-moi encore* (elle songea même à l'appeler Milly Cook) — qui avait tendance à employer les mots les uns à la place des autres. Qui disait « concombrer » au lieu d'« encombrer ». En fait, au cours de ces « années de bonne » à

Beechwood, et certainement à l'époque de ce dimanche des mères, la vraie Milly, la Milly en chair et en os se mit à ressembler de plus en plus à ces cuisinières des livres de contes : grassouillette, robuste, bonnes joues rouges, dotée de bras solides pour pétrir la pâte.

Le plus important, toutefois, et c'était étrangement clair, c'est que Milly la cuisinière, qui n'était que de trois ans son aînée, lui avait implicitement proposé d'être une mère de substitution pour elle, Jane Fairchild, tant qu'elle serait employée là. Il émanait de Milly une telle sincérité qu'elle, la nouvelle bonne, encore désorientée, n'avait pu s'empêcher d'accepter aussitôt cette offre et de façon tout aussi implicite. Et elle ne la désavoua jamais, même lorsqu'il s'avéra qu'elle était bien plus intelligente que Milly, de sorte que la cuisinière, aussi peu futée que rusée, aurait pu être prise pour la plus enfant des deux.

Elle n'en continuerait pas moins de se demander toute sa vie si Milly avait vraiment voulu dire « orchidée ». Et jusqu'à quel point elle avait toujours su, ou deviné, ce qui se passait entre elle et Paul Sheringham.

Elle finirait tout de même par appeler son personnage Molly Cook. Et son adoption, en quelque sorte, durerait sept ans, vu que, six mois après ce fameux dimanche des mères, la cuisinière, qui avait toujours été excentrique dans son emploi des mots, développa de plus sérieuses bizarreries et fut emmenée dans un endroit (elle ne sut jamais où, à moins que ce ne fût chez sa pauvre mère) où l'on emmenait les femmes de sa condition et d'où elles ne revenaient jamais.

On pourrait donc dire qu'elle se retrouva orpheline pour la seconde fois.

Et si l'on appelait réellement les orphelines des « orchidées » ? Le ciel « sol » ? Et un arbre « jonquille » ? Cela changerait-il en aucune façon la nature des choses ? Ou leur mystère ?

Et si, au lieu de rester au lit, elle était descendue avec lui, toujours nue, ses pieds au frais sur les carreaux frais de l'échiquier, pour prendre une orchidée dans le vase et la lui mettre à la boutonnière ?

« Pour moi. Puisque nous ne nous reverrons plus. »

Telle une scène farfelue tirée d'un roman non moins farfelu.

Elle deviendrait écrivain et parce qu'elle était écrivain, ou parce que c'était précisément cela qui l'avait incitée à devenir écrivain, elle était obsédée par le caractère changeant des mots. Un mot n'était pas une chose, loin de là. Une chose n'était pas un mot. Cependant, d'une certaine façon, les deux — choses — devenaient inséparables. Tout n'était-il qu'une pure et simple fabrication ? Les mots étaient comme une peau invisible qui enveloppait le monde, qui lui conférait une réalité. Pourtant vous ne pouviez pas dire que le monde n'existerait pas, ne serait pas réel si vous supprimiez les mots. Au mieux, il semblait que les choses pouvaient remercier les mots qui les distinguaient les unes des autres et que les mots pouvaient remercier toute chose.

Mais elle n'aurait jamais abordé ce sujet dans ses interviews.

Elle en discutait parfois — et même au lit — avec son mari Donald Campion. Elle l'appelait le Grand

Dissecteur et lui l'appelait la Grande Vivisectrice. Quel mot, celui-ci ! Et en ces occasions, elle lui tirait la langue.

« Et quelles autres qualités sont, à votre avis, nécessaires pour devenir écrivain ?

— Eh bien, vous devez comprendre que les mots ne sont que des mots, un peu de vent, c'est tout... »

Et les pattes-d'oie autour de ses yeux de se mettre carrément à danser.

« Oh, des livres d'aventures, bien sûr, des livres pour garçons. Malgré le fait que c'était encore la guerre et que toutes ces histoires de garçons étaient devenues absolument stupides. De pures âneries.

— Et les garçons eux-mêmes ?

— Voulez-vous dire, les aventures *avec* les garçons... ? »

Elle deviendrait écrivain et vivrait jusqu'à quatre-vingt-dix-huit ans. Elle verrait deux guerres mondiales, vivrait sous le règne de quatre rois et d'une reine. Et presque deux reines puisqu'elle avait dû être conçue — tout juste — sous le règne de la reine Victoria. « Conçue, puis oubliée. »

Elle avait dix ans et elle était dans un orphelinat lorsqu'un grand paquebot heurta un iceberg, faisant quelques orphelins de plus. Elle en avait douze lorsqu'une femme se jeta sous les sabots d'un cheval royal. Elle venait d'en avoir quinze lorsqu'elle travailla quelque temps, un été, dans une grande maison — elle n'avait encore jamais vu semblable palais — où elle apprit tout ce qu'il fallait savoir sur les émissions nocturnes.

Elle vivrait assez longtemps pour devenir presque centenaire et pour comprendre qu'elle avait probablement connu, vu — et écrit — suffisamment. Cela lui était égal, disait-elle d'un ton enjoué, si elle ne parvenait pas jusqu'à l'an 2000. C'était déjà un miracle qu'elle fût arrivée jusque-là. Le chiffre « 19 » avait marqué sa vie et dix-neuf ans, c'était un bien bel âge, ajoutait-elle en souriant.

Non pas qu'elle en eût vu et connu tellement, même en soixante-dix, quatre-vingts ou quatre-vingt-dix ans. « Ses années de bonne », « ses années à Oxford », « ses années londoniennes », « ses années Donald ». Vous viviez tranquillement dans votre coin, n'est-ce pas ? Tout ce temps passé à un bureau ! Même ses années de prétendue célébrité où elle avait bourlingué de par le monde, dans des endroits où elle n'aurait jamais rêvé d'aller, s'en étaient allées dans une sorte de brouillard. Puis ç'avait été « Jane Fairchild à soixante-dix ans », « Jane Fairchild à soixante-quinze ans », « Jane Fairchild à quatre-vingts ans ». Grand Dieu ! Sans jamais cesser d'envoyer promener les mêmes vieilles questions.

Cependant, si vous comptiez ce qu'elle avait vu en imagination, alors... Tous ces endroits, toutes ces scènes... *En imagination*, tel était le titre du plus connu de ses ouvrages. Et pouvait-elle faire la part des choses et séparer ce qu'elle avait vu en imagination de ce qu'elle avait réellement vécu ? Bien sûr qu'elle le pouvait, bon sang, elle n'était pas une douce rêveuse. Et en même temps, bon sang, ça lui était impossible. Le propre de l'écrivain n'était-il pas de saisir la vie à bras-le-corps? N'était-ce pas là tout l'intérêt de la *vie*?

« Ses années à Oxford? » C'était un bon exemple. Oui, elle était allée à Oxford, elle pouvait vraiment le dire, mais, évidemment, pas dans le sens où certains pourraient le dire. Toutefois, dans ses interviews, elle adorait déclarer gaiement et sans complexe: « Oh oui, j'ai été à Oxford... » « Lorsque j'étais à Oxford... »

Oui, elle était allée à Oxford, en octobre 1924, pour y travailler comme vendeuse dans une librairie, la Paxton's Bookshop, dans Catchpole Lane. À l'époque, elle avait compris que les livres étaient une nécessité, le rocher sur lequel était fondée sa vie.

C'était son premier emploi après avoir été bonne et son premier grand pas, seule, dans l'existence. Pas un bien grand pas, direz-vous, de bonne à vendeuse, mais il avait requis de l'initiative et de l'audace ainsi qu'une certaine habileté puisqu'il lui avait fallu répondre à une annonce. Et il avait également requis l'assistance de Mr Niven qui lui avait écrit une lettre de recommandation. Peut-être avait-il dit qu'elle avait fréquenté plus assidûment sa bibliothèque que lui-même ne l'avait fréquentée.

Toujours est-il qu'elle avait obtenu la place. Mr Niven avait, sans nul doute, compris qu'il s'agissait là d'un grand pas pour elle et qu'elle était pleinement décidée à le faire car, quand elle partit, il lui donna dix livres sterling (dix livres!) pour l'aider à s'installer à Oxford. Par ailleurs, elle disposait aussi de l'argent économisé sur ses gages (n'ayant pas de famille qui aurait pu y prétendre), sans compter les demi-couronnes ou les florins que Mr Niven lui octroyait à l'occasion.

Mr Niven avait été contraint d'apprendre l'économie, mais il gardait des vestiges de sa générosité d'antan.

À cette époque, Milly était partie. Une autre cuisinière, du nom de Winifred, l'avait remplacée, et une nouvelle bonne arriverait bientôt. Elle, Jane Fairchild, ne saurait jamais ce qu'il était advenu de Beechwood et d'Upleigh. Jamais elle n'y retournerait. C'était là presque une superstition de sa part. Qui sait si certaines choses, certains endroits ne se mettent pas à exister avec plus d'authenticité dans l'esprit ? Même lorsqu'elle eut une voiture — et surtout quand elle eut une voiture — elle n'y retourna pas, ne fût-ce que pour passer devant, s'arrêter et admirer.

Elle s'en fut donc à Oxford travailler pour Mr Paxton. Elle n'était que vendeuse dans une librairie, mais une vendeuse très compétente, connaissant de mieux en mieux les livres et — le plus important — qui savait s'y prendre avec la clientèle, qui allait du citadin moyen à la fine fleur de l'université et jusqu'aux professeurs. Mr Paxton se rendit bientôt compte de l'atout qu'elle représentait. Il devint vite évident aussi que la croissante familiarité de son employée avec les livres s'accompagnait d'une croissante familiarité avec les clients.

À vrai dire, elle se mit à sortir et même à coucher avec certains d'entre eux, on aurait pu dire que c'était ce qu'elle avait espéré et même vaguement prévu. Ainsi, sans avoir « été à Oxford » dans l'autre acception du terme, devint-elle intime avec ceux qui y étaient. On aurait même pu dire qu'elle évoluait dans les cercles universitaires encore plus librement et avec plus de succès que nombre de ceux qui — pauvres bûcheurs qu'ils étaient — y appartenaient de droit. Elle pouvait même se faire passer de manière convaincante pour ce spécimen rare et quelque peu effrayant : une étudiante.

« Et peut-on savoir ce que vous étudiez ?

— Étudier, moi ? Oh non, je suis juste vendeuse. »

Surprenant de voir la façon dont s'éclairait le regard de certains de ses interlocuteurs.

Plus tard, elle osait parfois ajouter : « Je suis vendeuse, mais... j'écris aussi. »

Un jour, dans la petite arrière-boutique qui servait de bureau, Mr Paxton, père de famille attentif qui suivait tout cela de près, avait dit : « Je vais acheter une nouvelle machine à écrire, Jane. Ce vieux truc a fait son temps. » Il avait une expression stoïque, à croire qu'il parlait de sa personne. En fait, la vieille machine à écrire était encore parfaitement utilisable.

« Ça vous ferait plaisir ? » demanda-t-il.

C'est alors, pourriez-vous dire, qu'elle devint réellement écrivain. Pour la troisième fois. Comme au jour de sa naissance. Et comme en cette belle journée de mars, quand elle était domestique.

Ses jours à Oxford ! Ses années à Oxford ! Une époque inoubliable. On peut dire qu'elle la connut, cette ville. Elle y fit son éducation. Même si, pour être tout à fait honnête, c'était parfois elle qui, à certains égards, avait le rôle de l'éducatrice. Même auprès de quelques-uns des meilleurs cerveaux du pays. Combien, à Oxford ? Oh, elle ne s'en souvenait plus. Et c'est, bien entendu, à Oxford qu'elle rencontra son mari, Donald Campion. Mais ça, c'était une autre histoire. Bizarre, n'est-ce pas, que l'on puisse dire de la vie même : c'était une autre histoire.

« Votre vie conjugale n'a pas été un long fleuve tranquille, n'est-ce pas ? Vous et Donald Campion ?

— Qu'est-ce qui vous fait dire ça ?

— Eh bien, deux cerveaux. Deux carrières. C'était le jeune et brillant philosophe, n'est-ce pas ? »

Elle s'abstint de répliquer : « Il s'agissait aussi de deux corps. » Bien qu'à quatre-vingts ans elle eût pu se le permettre. La vérité — mais Donald, lui-même, ne l'avait jamais sue —, c'était que Donald lui avait rappelé Paul Sheringham. Détail qu'elle n'allait certes pas révéler dans une interview.

« Voulez-vous dire par là qu'il n'y aurait pas eu assez de place pour ses livres et les miens ? » Elle se retint de poser cette question. Elle pouvait se fermer tout aussi facilement qu'elle pouvait ironiser. Un masque efficace, pour l'octogénaire qu'elle était, que ce faciès de lavette essorée !

« Et... si tragiquement courte, poursuivit maladroitement le journaliste.

— Quoi ? La vie de Donald ou notre union ? » Ces mots-là aussi, elle omit de les prononcer.

« Oui, ce fut une tragédie », trancha-t-elle. Et elle ne dit pas, comme elle aurait pu le faire — à quatre-vingts ans, elle parlait parfois comme un oracle : « Nous sommes tous du combustible. Sitôt nés, nous nous consumons, et certains d'entre nous plus vite que d'autres. Il existe différentes sortes de combustion. Mais ne jamais brûler, ne jamais s'enflammer, ne serait-ce pas triste ? »

Quoi qu'il en soit, elle l'avait dit, ou avait écrit quelque chose d'approchant, dans l'un de ses livres. À vrai dire, elle vécut son chagrin à la mort de Donald — le second grand chagrin de sa vie — comme la fin de sa propre existence. Elle aurait été capable de se jeter sur son bûcher. Au lieu de cela, elle améliora ses talents d'écrivain et devint célèbre.

En imagination. Ce livre ne fut pas publié, il resta inachevé — d'une façon ou d'une autre, il ne fut même pas *commencé* — jusqu'après la mort de Donald, emporté par une tumeur au cerveau au cours de l'automne 1945. Ce dernier poussait l'humour noir jusqu'à prétendre qu'il avait été trop cérébral... Ou qu'à présent il ne risquait plus guère de révéler un secret d'État. Il avait survécu à la guerre comme analyste et spécialiste des renseignements et n'avait sans doute pas encore donné tout son potentiel intellectuellement parlant. Maintenant, tout cela ressemblerait à un ouvrage de fiction, pensait-elle avec un humour non moins noir.

« Donald et moi avions le même dilemme, vous savez. Les mots et les choses. »

Elle avait envisagé *Tout est dans la tête* et même *Secret d'État.* Pensez donc : publier un roman intitulé *En imagination...* ou *Tout est dans la tête...* ! L'un comme l'autre paraissaient abstraits, voire intellos. Voilà ce que c'était d'avoir été pendant douze ans l'épouse d'un philosophe.

En fait, c'était son œuvre la plus physique, la plus charnelle, la plus carrément *sexuelle.* Elle avait enfin trouvé le moyen de parler de toutes ces *choses.* Et ce fut son premier grand succès. Elle avait quarante-huit ans, ce qui n'est pas si vieux pour un écrivain (ils bénéficient de certains avantages), mais elle était trop âgée pour être la mère qu'elle avait, pour des raisons personnelles, toujours refusé d'être. Disons qu'elle n'avait pas eu de très bons exemples en ce domaine. En dehors de Milly. Maintenant que Donald, son regard bleu acier et son rire sonore avaient disparu, elle le regrettait.

Quarante-huit ans et célèbre. *En imagination.* Certains furent choqués, scandalisés. On n'était qu'en 1950. Vingt ans plus tard, son livre eût semblé anodin. En outre, pour aggraver les choses, elle était une « *Lady* romancière ». Une *Lady* romancière ? Où avaient-ils dégoté cette expression ? D'où croyaient-ils donc qu'elle sortait ?

Quarante-huit ans, célèbre, veuve, sans enfant, et pas encore à la moitié de sa vie d'orpheline.

« J'ai une nouvelle désolante à vous annoncer. »

Alors même que Mr Niven les prononçait, ces mots manifestèrent leur tendance à s'éloigner de leur désignation, à tire-d'aile capricieuse. Il peinait si visiblement à les trouver que, à cause de sa récente expérience, elle crut entendre « déflorante ». Une nouvelle « déflorante ». Une erreur que Milly elle-même n'aurait pas faite.

Ensuite, après avoir réussi à sortir d'autres mots, il dit : « Oh, vous êtes toute pâle, Jane ! » Il lui vint à l'esprit que ce genre de choses n'arrivait que dans les livres. Les gens ne « devenaient tout pâles », ils n'avaient des visages « menaçants », des yeux qui « lançaient des éclairs » ou le sang qui « se glaçait dans leurs veines » que dans les livres. Les livres qu'elle avait lus.

« Je suis vraiment navré d'avoir à vous annoncer cela, Jane. En ce dimanche des mères. »

Comme s'il était rentré à Beechwood à cette heure-là — il semblait, pour le moment, être seul — à l'unique fin de lui faire part d'une nouvelle qui la concernait. Comme s'il était venu lui annoncer inopinément qu'elle n'avait pas de mère.

« Il y a eu un accident, Jane. Un accident mortel. Il s'agit de Paul Sheringham. De Mister Paul, d'Upleigh. »

Elle eut la présence d'esprit ou le réflexe de marmonner : « À Upleigh ?

— Non, pas à Upleigh. Un accident de la route. Un accident de voiture. »

C'est alors qu'il s'exclama : « Oh, vous êtes toute pâle, Jane ! » Il sembla même avancer les bras tendus, un peu hésitant, mais en galant homme, de crainte qu'elle ne s'évanouît.

Elle ne saurait jamais comment Mr Niven avait, sans doute, enregistré sa propre version de cette scène et de ce qui s'ensuivit. Comment il l'avait « écrite » en quelque sorte. Elle ne saurait jamais — et c'était sûrement là une conjecture née de sa propre panique — à quel point *il était au courant.*

Elle ne saurait jamais (fût-ce à soixante-dix ou à quatre-vingts ans) jusqu'à quel point les autres — ceux qui n'étaient pas écrivains — « écrivaient » les événements de leur vie. C'était là un mystère.

Ce n'était pas le cas de Paul Sheringham. Elle aurait pu le garantir. Et cela était, avait été, tout à sa gloire.

Comme elle le savait, il était parti en voiture, et à moins d'un tour de magie, d'une mise en suspens des lois de la physique, il allait être en retard. Elle savait (même si elle ne devait en souffler mot à personne) qu'il n'avait pas fait le moindre effort pour se dépêcher — au contraire — bien qu'il eût rendez-vous avec sa future épouse. En revanche, il s'était donné beaucoup de mal pour se mettre sur son trente et un. Encore un détail qu'elle serait la seule à jamais connaître, vu qu'après l'impact le véhicule avait pris feu et que le corps du conducteur avait été non seulement mutilé, mais carbonisé. Mais, comme elle ne manquerait pas de l'apprendre, certains objets avaient survécu, témoins de sa tenue vestimentaire — et de son identité. Un étui à cigarettes monogrammé, une chevalière. La voiture avait néanmoins pu être aussitôt identifiée comme étant celle que conduisait Paul Sheringham (souvent d'ailleurs avec une certaine fougue).

De toute manière, il aurait été très en retard. Et Emma Hobday, d'abord surprise, puis fâchée et indignée, avait peut-être fini par concevoir un épouvantable soupçon. Seigneur ! On lui avait tout simplement posé un lapin ! Son fiancé avait choisi ce jour-là — cette radieuse journée — pour rompre avec elle pendant qu'il prenait la fuite. Bûcher son droit, mon œil ! Il avait profité de ce que la maison était déserte pour la déserter, elle ! Pour prendre la clé des champs. Incapable qu'il était d'affronter la perspective — il ne restait que deux semaines — d'épouser sa fiancée. Pas plus qu'il n'était capable de faire face à aucune de ses futures obligations. Et c'était sa façon monstrueuse de le lui faire savoir.

Bref, elle avait bel et bien été plaquée. Et tout en se rendant compte que son imagination lui jouait sans doute des tours et qu'elle était au bord de la crise de nerfs, une part d'elle — celle qui connaissait Paul Sheringham — pensait : Ça serait bien lui, ça.

Donc...

Mais elle seule, peut-être, Jane Fairchild, la bonne de Beechwood, « écrivait » cette scène. Emma Hobday n'était pas un personnage de roman, n'est-ce pas ? Elle ne l'avait pas inventée. Jamais elle ne saurait comment Emma Hobday elle-même aurait pu l'écrire.

Et par conséquent... Oui, par conséquent, Miss Hobday ne pouvait pas juste rester là assise à regarder sa jolie petite montre et à attirer les regards des autres clients, pas vrai ? Son estomac émettait des gargouillis déplaisants. Elle avait demandé la permission de se servir du téléphone de l'hôtel. Tout cela était franchement inconcevable, embarrassant. Voilà qu'elle se trouvait au cœur d'un monde qui la trahissait, qui détruisait son avenir pourtant tout tracé. Elle avait commencé par appeler Upleigh House. Pas de réponse. La sonnerie du téléphone semblait même lui dire : la maison est vide, il n'y a personne, personne qui l'entende. Voilà !

Puis, après avoir fait les cent pas en se mordant les lèvres, être sortie prendre l'air et avoir regardé dans toutes les directions, aux prises avec l'idée qu'elle se conduisait de façon insensée, elle avait appelé la police. Peut-être la police pourrait-elle, en fait, poursuivre — et arrêter — son fiancé en cavale ou lui fournir une explication qui, au moins, la sauverait de l'ignominie.

Par conséquent, à cette heure-là, compte tenu des renseignements qui leur seraient parvenus entre-temps, la police n'aurait d'autre choix que de répondre à sa requête, la sauver, au moins, de l'ignominie.

Avait suivi une rapide et terrible succession de coups de téléphone. Le Swan de Bollingford s'était mobilisé pour se porter au secours d'une femme en état de choc, mais encore capable de fournir certains détails essentiels. Oui, le George Hotel à Henley. Un peu en aval du fleuve. C'était là qu'ils s'étaient réunis, là qu'on les trouverait.

Si toutefois ils n'avaient pas opté pour un pique-nique. Ou si, par un soudain caprice, ils n'avaient pas décidé de louer un bateau pour descendre allègrement la Tamise, et dans ce cas on ne pourrait les joindre. Tout avait laissé croire que la journée serait une radieuse anticipation du prochain mariage — journée que l'heureux couple avait judicieusement esquivée. Ah ! Si seulement les jeunes fiancés, dociles, avaient accepté d'y participer !

Cependant, par chance, tous étaient encore au George, ou peut-être même à table, en train de picorer leur gâteau au sherry.

Pour chacun d'eux, la journée avait donc radicalement changé.

Mr Niven était donc revenu ici tout seul pour des raisons qu'il allait expliquer en détail. Or il ne pouvait s'agir uniquement de lui annoncer la nouvelle — elle aurait pu être n'importe où, sur les berges de la Tamise elle aussi, à profiter en orpheline de ce dimanche des mères.

« Jane, voulez-vous vous asseoir ? »

Elle n'aurait pu le faire qu'à l'intérieur de la Humber. Comme Ethel et Iris. Mais elle n'allait pas s'évanouir. Elle serrait toujours le guidon de sa bicyclette.

Tout semblait indiquer qu'il essayait de rattraper son retard — quelle qu'en fût la cause. En tout cas, il devait conduire le pied au plancher. Et il avait pris la route secondaire qui, bien qu'étroite et sinueuse, constituait un raccourci ; elle lui permettait de franchir la voie ferrée par un pont, et d'ainsi éviter le passage à niveau de la grand-route qu'il aurait pu avoir la malchance de trouver fermé.

Mais il n'était jamais parvenu jusque-là.

Il avait la réputation de conduire parfois très vite, mais de bien connaître les petites routes des environs. Il devait donc savoir que ce raccourci, menant à Bollingford, faisait un virage à droite à quelques centaines de mètres du pont au-dessus de la voie ferrée. En fait, il s'agissait plutôt d'un coude, résultat peut-être du conflit qui avait opposé jadis géomètres et propriétaires du terrain. Il y avait même un grand chêne dans le virage, signalant le danger. Paul était allé s'écraser contre ce chêne.

Il faisait un temps splendide, il était donc impossible que le jeune homme n'ait pas *vu* le tournant ni repéré l'arbre encore dépourvu de feuilles. En outre, il y avait des panneaux de signalisation. Et il avait dû négocier ce virage des dizaines de fois. Ses freins auraient-ils lâché ? L'état de la voiture ne permettait pas de le constater. Aucun autre véhicule n'étant impliqué, un facteur aussi insignifiant que fatal, tel qu'un animal échappé d'une ferme, était sans doute responsable de l'accident. Mais iriez-vous vous écraser contre un arbre pour éviter un moindre malheur ?

Même le verdict officiel d'une enquête conclurait qu'il s'agissait d'un terrible — d'un « tragique » — accident.

Conclusion à laquelle on parviendrait non seulement faute de témoins ou faute de preuves du contraire, mais parce que c'était celle à laquelle tout le monde — surtout les Sheringham et les Hobday qui entretenaient de solides relations avec les autorités locales — désirait parvenir. Personne n'avait envie de croire que quinze jours avant son mariage avec Miss Emma Hobday, alors qu'il roulait vers elle, Paul Sheringham s'était écrasé contre un arbre autrement que par accident.

Lorsqu'on le lui avait demandé, Mr Sheringham père avait sûrement expliqué qu'en raison du caractère particulier de cette journée, il n'y avait personne à Upleigh au moment du départ de son fils. La cuisinière et la bonne, avait-il dû déclarer, étaient chez leurs mères. Ce détail avait sans doute arraché à Mrs Sheringham un autre sanglot déchirant. Quant au policier de service, il avait dû estimer qu'il avait posé assez de questions et il avait rangé son carnet.

Mais elle, Jane Fairchild, n'aurait à répondre à aucune question. Et pourquoi aurait-elle dû ? Après tout, elle n'était que la bonne de Beechwood, et non pas celle d'Upleigh. Elle était juste partie à bicyclette et, comme ça se trouvait, elle ne s'était pas approchée des lieux de l'accident (même si Mr Niven avait pu attribuer sa pâleur à cette éventualité). Puis elle était rentrée plutôt de bonne heure.

Et elle n'avait pas entendu de bruit de collision au loin — elle n'en parlerait jamais — alors qu'elle se promenait nue dans la maison. Y avait-il même eu un bruit ? Et jamais elle n'avait vu, à supposer qu'elle eût regardé par une fenêtre, la moindre tache dans le ciel bleu.

Elle avait toutefois entendu la sonnerie du téléphone.

En réalité, Mr Niven ne se précipita pas vers elle pour la soutenir. Pas à ce moment-là. Et elle ne s'évanouit pas, même si elle avait pâli.

« Je suis vraiment désolé, Jane. Désolé d'avoir à vous annoncer ça », répéta-t-il.

Pourquoi à cet instant où elle changeait de couleur aurait-on dit qu'elle aurait pu être quelqu'un d'autre ? Il existait une expression : « ne pas être soi-même ». Pourquoi semblait-il qu'elle aurait pu être Emma Hobday ? Ou la fille de Mr Niven (bien qu'il n'en eût pas) qui était en même temps Emma Hobday ? Que Mr Niven était lui-même Mr Hobday ? Que les personnages de cette histoire avaient tous été mélangés ?

Pourquoi eût-on dit que Mr Niven projetait sur elle tout un méli-mélo de scènes dont elle aurait pu être l'une des actrices, mais ne l'était pas ? Elle n'était que la bonne — et, pour le moment, même pas ça. Pourquoi eût-on dit que cette journée et sa désormais tragique signification — plus rien à voir avec le dimanche des mères — avait comme effacé l'ordre habituel des choses entre elle et Mr Niven ?

Comme s'il s'adressait à son épouse.

« Jane, Jane, j'ai laissé Clarissa — Mrs Niven — avec les autres. À Henley. Elle avait l'impression qu'elle serait plus... utile... là-bas. Bien entendu, Emma — Miss Hobday — va les rejoindre dans sa voiture. Si tant est qu'elle s'en sente capable. Nous nous sommes demandé si nous devions tous aller la voir à Bollingford. Elle est à Bollingford, vous l'ai-je expliqué ? Ou si nous devions tous nous rendre chez les Hobday. Car il est important, Jane, de savoir où chacun de nous devrait être. Pour ma part, j'ai estimé que ma place était ici, Jane, pour...

— Oui, Mr Niven ?

— Pour aller à Upleigh.

— À Upleigh ?

— Oui. Je me suis d'abord arrêté ici pour téléphoner. C'est fait. Je m'apprêtais à repartir. J'ai parlé à Clar..., à Mrs Niven. Ils sont encore à Henley, mais ils ont décidé d'aller retrouver Miss Hobday — chez les Hobday. Mr et Mrs Sheringham ne souhaitent pas rentrer tout de suite à Upleigh. Pas encore. Ça se comprend. Je me rendrai moi-même en voiture chez les Hobday plus tard. Je suis heureux — je veux dire je regrette — de vous expliquer tout cela. Mais, Jane, vous êtes revenue de bonne heure... ?

— Je me suis dit — mais cela n'a pas d'importance à présent — que je pourrais rentrer lire mon livre un moment.

— Votre livre ?

— Oui.

— Si vous... Je ne dois pas...

— Cela n'a pas d'importance, Mr Niven. Mon livre n'a pas d'importance.

— Quelqu'un doit prévenir le personnel d'Upleigh, voyez-vous. Mr Sheringham m'a précisé que votre homologue s'appelait Ethel. Et la cuisinière, Iris.

— Mais...

— Oui, je sais. Elles sont parties dans leur famille. Comme Milly. Elles doivent être mises au courant de la situation le plus vite possible. Mr et Mrs Sheringham m'ont dit — oh mon Dieu ! — que Paul les avait déposées ce matin à la gare, mais qu'elles devaient rentrer chacune de son côté. Cette... Ethel... très probablement la première. Je dois donc me rendre à Upleigh pour l'attendre. Et la prévenir.

— Pas à la gare, monsieur ? »

Avait-elle à nouveau pâli ?

« Ce ne serait pas le meilleur endroit pour le faire. En tout cas... comment pourrais-je vous le dire, Jane... ?

— Me dire quoi, monsieur ?

— Je sens que quelqu'un devrait... voir où en sont les choses à Upleigh. J'entends voir dans quel état Mister Paul a laissé les lieux.

— Mais...

— Il a simplement dû quitter la maison, bien sûr. Mon Dieu ! Il avait l'intention de réviser son droit, à ce qu'on m'a dit ! Oui, je suppose qu'il a simplement quitté la maison. Il n'y a pas de raison de s'inquiéter. Néanmoins, j'ai comme l'impression... que quelqu'un devrait vérifier l'état des lieux. Pour préparer les Sheringham. Pour les rassurer, j'entends. Ils ne sont pas encore prêts à rentrer chez eux. Ils trouvent qu'ils devraient rester avec Miss Hobday. Mais vous pouvez vous imaginer, Jane, oui, vous pouvez imaginer leur... Je leur ai proposé de faire ce que je viens de vous dire. De m'assurer que tout est en ordre là-bas. Ils disent qu'en partant, et du fait qu'il laissait la maison vide, Mister Paul a dû cacher la clé sous une pierre — un ananas en pierre, ont-ils précisé. Mrs Sheringham a dit qu'il s'agissait d'un ananas en pierre. Près du porche. Par conséquent...

— Par conséquent... ?

— Je dois y faire un saut en voiture. Pour attendre cette Ethel. Et pour m'assurer... »

Mr Niven ne semblait pas tout à fait en état

d'entreprendre la mission dont il s'était chargé. Il éclaircit sa voix tremblante d'émotion.

« Jane... pourrais-je vous demander quelque chose ?

— Quoi donc, monsieur ? »

Elle agrippait toujours le guidon et se rendit compte qu'elle serrait les freins. Pourtant, elle se tenait immobile à côté de son vélo.

« Pourriez-vous m'accompagner ?

— Vous accompagner, Mr Niven ?

— Bien entendu, je comprends : c'est votre jour de congé. Si vous préférez rester ici à lire votre livre...

— *Votre* livre, Mr Niven. » Pourquoi diable avait-elle rectifié ?

« Ah ! oui, bien sûr. »

Le visage de Mr Niven se crispa en une espèce de sourire avorté.

Allait-il éclater en sanglots ? Paul n'était pas son fils et lui-même n'était qu'un voisin compatissant.

« Oui, monsieur. Je vous accompagne.

— Merci, Jane. C'est très gentil de votre part. Je suppose que vous n'êtes jamais entrée à Upleigh...

— Voulez-vous m'excuser, Mr Niven ? Je vais d'abord aller boire un verre d'eau.

— Oui... Bien sûr. Pardonnez-moi. C'est un tel choc ! Et vous avez pédalé toute la journée. Oui, oui, je comprends, vous avez besoin de vous ressaisir, de vous rafraîchir. Je vous attends ici, à côté de la voiture. »

Sans doute ces cinq minutes, ou presque, firent-elles toute la différence. Était-il jamais arrivé que Mr Niven l'attende, *elle*? Quand elle réapparut, elle le vit près de la Humber, lui tenant ouverte la portière garnie de cuir. Elle pensa à nouveau à Ethel et à Iris.

À l'intérieur de cette autre maison vide, des larmes avaient ruisselé sur son visage avant qu'elle ne s'asperge d'eau froide. Peut-être même avait-elle étouffé un cri.

Ils partirent pour Upleigh. Un court trajet. Mr Niven roulait très lentement et prudemment comme s'il allait à contrecœur à un rendez-vous. Ils avaient du mal à parler. Oui, elle avait l'impression d'être Ethel. Elle aurait pu être Ethel.

Il s'avéra qu'Ethel les avait précédés. Docile, consciencieuse, elle avait décidé, comme si elle ne savait que faire de sa journée de congé, de revenir à temps pour servir leur thé aux Sheringham, au cas où eux aussi rentreraient tôt. Son « dimanche » avec sa mère avait dû se réduire à quelques heures et peut-être, pour des raisons personnelles, avait-elle préféré abréger sa visite. Elle avait dû arriver par le train de 15 h 42, puis rentrer à pied. Upleigh n'était qu'à environ un kilomètre et demi de la gare et on pouvait couper à travers champs. L'or du soleil s'était intensifié. Des primevères pointaient, des lapins sautillaient. Alerte comme elle l'était, Ethel avait dû parvenir en vingt minutes à destination. Peut-être la meilleure vingtaine de minutes de sa journée.

Lorsqu'ils avaient remonté l'allée bordée de tilleuls d'Upleigh, elle avait vu l'indice révélateur : la fenêtre du premier étage. Révélateur pour elle seule. La fenêtre était close. Quelqu'un l'avait fermée. Qui d'autre qu'Ethel ? Ethel était montée dans la chambre et l'avait fermée.

Elle avait donc poussé un petit cri — que Mr Niven avait perçu — alors qu'ils roulaient encore. Peut-être l'avait-il pris pour un sursaut d'émotion car tous deux pensaient sûrement — fût-ce de façon différente — que Paul Sheringham avait emprunté ce chemin en sens inverse, à peine quelques heures plus tôt. Pour la dernière fois. Et Mr Niven de dire : « Oui, Jane, c'est terrible », des mots parfaitement inutiles.

Un sursaut de détresse, certes, mais empreint d'un certain soulagement. À part cela, elle ne laissa rien transparaître.

À présent, le soleil ne donnait plus sur la façade de la maison ni sur le gravier. Après la chaleur de la mi-journée, l'air leur sembla nettement plus frais à leur descente de voiture. Alors que Mr Niven commençait à chercher le « bout d'ananas », qu'elle se retenait de pointer du doigt, Ethel ouvrit soudain la porte — un geste naturel, puisqu'il semblait y avoir des visiteurs. Qui sait si elle n'avait pas cru, en entendant un bruit de voiture, qu'il s'agissait de Mr et Mrs Sheringham. Toujours est-il qu'elle apparut sous le porche, avec l'air pour le moins inattendu de quelqu'un conscient de sa responsabilité, ayant la garde du domaine d'Upleigh.

Et en regardant Ethel ouvrir la porte, elle ne put s'empêcher de penser à la dernière fois qu'elle avait vu cette porte s'ouvrir.

« Mr Niven... ? » avait réussi à bredouiller Ethel avec un mélange d'étonnement et de sang-froid, incapable de comprendre pourquoi ce voisin se trouvait là en compagnie de Jane Machin-Chose, la bonne de Beechwood.

Toutes les domestiques avaient-elles droit à un tour en voiture ce jour-là ?

Et Mr Niven de répondre : « Vous êtes Ethel, n'est-ce pas ? » Ce qui était non moins surprenant.

Ils n'avaient donc pas eu besoin d'attendre Ethel. Plus tard, elle s'efforça d'imaginer comment cela se serait passé dans le cas contraire. C'est ainsi qu'il s'acquitta sous le porche de la tâche de prévenir Ethel : n'étant pas son maître, Mr Niven ne pouvait la prier de rentrer s'asseoir même si tout dans son attitude indiquait qu'il allait lui faire part de quelque chose de vraiment horrible. Et cette fille de Beechwood, était-elle censée entrer s'asseoir, elle aussi ?

En fait, Ethel changea brusquement. À moins que ce ne fût la vraie Ethel qui se révélât. Jamais elle ne saurait si l'image qu'elle-même (et aussi Paul Sheringham) percevait d'Ethel n'avait pas été inexacte dès le début.

Alors que Mr Niven était à nouveau aux prises avec les mots, Ethel avait plongé les yeux dans les siens comme si elle, Ethel Bligh, savait tout. Quoiqu'ils eussent tout aussi bien pu dire, avec la même détermination : « Nous, les bonnes, on doit se serrer les coudes et connaître notre place dans le monde, pas vrai ? »

En tout cas, son regard en disait beaucoup plus long qu'une simple exclamation étonnée du genre : « Et toi, que fais-*tu* ici ? Pourquoi frayes-tu avec ton maître ? »

Derrière la domestique, elle distinguait, par-delà le vestibule et les ombres du hall, la table et le vase avec les gerbes d'orchidées blanches. Incroyable que ces fleurs fussent encore là.

« J'ai une nouvelle désolante à vous annoncer, Ethel, commença Mr Niven. Vous permettez que je vous appelle par votre prénom ?

— Bien sûr, monsieur. »

Ainsi Ethel fut-elle mise au courant. Et elle resta là, sous le porche, tel un défenseur inébranlable, comme si elle était prête, maintenant que le malheur s'était abattu sur cette maison, à parer toute autre attaque contre ses murs. Debout sur le gravier en bas du perron, Mr Niven semblait trembler devant l'autorité dont elle s'était soudain investie.

« Dans ce cas, Mr Niven, j'ai bien fait de revenir de bonne heure. De cette façon, je peux me rendre utile. J'ai dû avoir comme le pressentiment que quelque chose était arrivé. Qu'on pourrait avoir besoin de moi. Mr et Mrs Sheringham doivent être dans tous leurs états, une fois de plus anéantis. » Ethel insista sur les mots « une fois de plus ». « À leur retour, je m'occuperai d'eux. Je préviendrai la cuisinière. Je répondrai au téléphone et, si besoin, me chargerai de tous les appels.

— Ethel... »

Mais Ethel, s'autorisant une rare entorse à la règle de « ne parler que lorsqu'on s'adresse à vous », avait poursuivi :

« J'ai déjà mis de l'ordre. J'ai rangé la chambre de Mister Paul...

— C'est justement là où je voulais en venir, Ethel.

— En venir, Mr Niven ?

— Je dois vous demander... je suis ici pour m'assurer... bredouilla Mr Niven. Avez-vous trouvé quoi que ce soit dans la chambre de Mister Paul ?

— Quoi que ce soit ? Je ne comprends pas, monsieur.

— Une lettre, par exemple, Ethel. Quelque chose d'écrit.

— Non, monsieur. Je n'ai rien trouvé d'écrit. Et de toute façon, je ne l'aurais pas lu. » On eût presque dit qu'Ethel allait ajouter d'un ton cassant : « Ce sera tout, monsieur ? » Ou même : « Et en quoi cela vous regarde-t-il ? »

« Dans ce cas... C'est très bien, Ethel. Tout est... parfait.

— Et *vous*, monsieur, vous vous sentez bien ? Voudriez-vous une tasse de thé ou une autre boisson ?

— Non, merci, Ethel. Et *vous*, ça va ? Souhaiteriez-vous que nous vous tenions compagnie ? Que Jane, ici présente, reste avec vous ? »

Il s'agissait là d'une possibilité qu'elle, la bonne de Beechwood, n'avait pas prévue. Elle attendit, résignée, la réaction d'Ethel.

« Non, monsieur. Je suis tout à fait capable de me débrouiller. Merci. »

Elle avait cependant prononcé ces mots sans regarder Mr Niven, mais en plongeant les yeux dans ceux de son « homologue ».

Un regard qui tenait à la fois de celui du plus sévère et du plus indulgent des parents.

Il y aurait donc bien des choses dont elle ne saurait jamais rien, mais elle avait la certitude que, d'ici le retour des Sheringham, Ethel aurait minutieusement « rangé » la chambre de Mister Paul. Le pantalon expédié sur le fauteuil, la literie. Ethel aurait changé les draps (même si personne ne devait dormir dedans, avait-elle dû se dire plus tard), les draps sales fourrés dans le panier à linge, dans l'attente de la lessive du lundi. Elle aurait aussi débarrassé et nettoyé la table de la cuisine — par gentillesse pour la cuisinière. Et elle aurait tout remis à sa place habituelle. Même si tout était différent.

Et un jour, Ethel apparaîtrait comme un autre personnage secondaire (en fait, pas si secondaire que ça) dans *Si l'on savait la vérité.* Elle serait en quelque sorte transmuée et (même si l'auteur était la seule à le savoir) honorée par la fiction. Elle ne s'appellerait pas Ethel, mais Edith, et ne ressemblerait en rien à Ethel. Elle ne serait pas une domestique, mais un de ces personnages qui semblent exister à la périphérie des événements et sont néanmoins au courant de tout. Un de ces êtres dont le vrai « personnage » demeure le plus souvent insoupçonné, invisible. Mais il s'agissait là d'une règle générale qu'entre-temps l'auteur avait appris à appliquer à la création de ses personnages autant que d'une règle générale s'appliquant à la vie et aux gens.

Jamais, toutefois, elle ne saurait jusqu'à quel point Ethel avait été au courant dès le début. Pas plus qu'elle ne saurait jamais ce qu'Ethel avait fait, pensé, imaginé ou ressenti quand elle s'était retrouvée à nouveau seule dans la maison, entre le retour des Sheringham (et de la cuisinière Iris) et l'arrivée de la police, venue poser quelques questions de routine.

Il était peu probable qu'elle ait rédigé une lettre de remerciements à l'intention de sa mère.

Ils rentrèrent. Le soleil baissait, il virait à l'orange. L'après-midi déclinait. Et fraîchissait. On n'était qu'en mars. Parmi ses autres tâches, Ethel allumerait sûrement du feu dans les cheminées. C'était la chose à faire dans ces circonstances. Et c'était ce qu'elle ferait bientôt elle-même lorsqu'elle redeviendrait la bonne de Beechwood.

Qu'était-elle pour le moment ?

Après un long silence, Mr Niven déclara : « Je suis désolé de vous avoir empêchée de lire et d'avoir pris sur votre temps. Que lisez-vous maintenant ? J'ai oublié.

— Je vous en prie, monsieur. Cela n'a pas d'importance. »

Elle était assise à côté de lui dans le siège du passager, la place de Mrs Niven. Elle s'efforçait de ne pas pleurer, de ne pas s'effondrer.

Si seulement Mr Niven avait pu lui dire : « Prenez donc votre soirée. Vous avez besoin de vous détendre dans un bain chaud. » Mais les bonnes ne se détendaient jamais dans un bain chaud, pas plus qu'on ne leur accordait une soirée à l'improviste, surtout quand elles avaient eu la journée libre. Bientôt elle reprendrait son service. Il lui faudrait se montrer au moins aussi forte qu'Ethel.

Le crépuscule approchait, la lumière se moirait de reflets abricot et le monde voilé de vapeurs vert doré était d'une sublime beauté.

Après un autre silence, Mr Niven reprit : « Maintenant cela fera tous les cinq, Jane. »

Elle comprit ce qu'il voulait dire. Elle comprit parfaitement ce qu'il voulait dire. Et pourtant elle répondit : « Oui, monsieur », de cette façon qu'ont les bonnes de mâchonner ces mots en toutes circonstances.

Après s'être engagé dans la cour circulaire devant Beechwood, et avoir coupé le moteur, Mr Niven se pencha tout à coup vers elle et, tel un enfant, pleura à chaudes larmes, pressant sa tête et son visage contre ses seins. Elle se souvint alors d'avoir pressé sa poitrine — était-ce vraiment cet après-midi ? — contre les pages d'un livre ouvert. « Pardon, Jane, vraiment pardon », balbutia-t-il sans bouger. Elle répondit, tenant, sans le vouloir, sa nuque au creux de ses paumes : « Ne vous en faites pas, Mr Niven, ne vous en faites pas pour ça. »

Le livre était intitulé *Jeunesse* — ce livre qu'elle aurait pu lire sur le banc du jardin ou mentionner à Mr Niven lorsqu'il l'avait interrogée. Elle aurait pu se contenter d'émettre un seul mot : « jeunesse ».

Ou plutôt, il s'appelait *Jeunesse, un récit, suivi de deux autres histoires*, un titre maladroit, peu attirant, une sorte de méli-mélo rébarbatif. C'était le seul ouvrage de Joseph Conrad dans la bibliothèque de Beechwood, et il s'ouvrait par le récit du même nom, en bonne et due place, car, elle l'apprendrait plus tard, il s'inspirait plus ou moins des expériences personnelles de jeunesse de l'auteur et de sa première rencontre (elle apprendrait par la suite que c'était l'un de ses sujets préférés) avec une vision, une promesse, une réalité, une illusion nommée « l'Orient ».

Quoi qu'il en soit, c'était le texte qu'elle venait de commencer en ce dimanche des mères, et si la journée s'était déroulée de façon différente, si le téléphone n'avait pas sonné, elle aurait pu aisément le terminer dans quelque recoin ensoleillé du Berkshire ou dans le jardin de Beechwood. Elle aurait même pu en arriver aux *deux autres histoires.* L'une d'elles avait pour titre *Au cœur des ténèbres.* Vu le tour inattendu qu'avait pris son jour de congé, elle ne l'aborda en fait que beaucoup plus tard, bien que consciente d'avoir trouvé dans Joseph Conrad un auteur important. Peut-être le titre quelque peu sinistre y fut-il pour quelque chose.

Elle savait que Conrad ne ressemblait à aucun des autres écrivains qu'elle avait lus, mais elle sentait qu'elle n'était pas prête pour certains textes. Cela revenait un peu à vouloir lire *L'Île au trésor* et *Enlevé !*, mais à garder *Dr Jekyll et Mr Hyde* pour plus tard.

Le mot « récit » lui plaisait assez, il était concis et il inspirait confiance, elle ne voyait toutefois pas pourquoi une des nouvelles devrait s'appeler « récit » et les deux autres simplement « histoires ». Le mot qu'elle préférait, à l'époque, c'était « conte » — aussi fut-elle heureuse d'apprendre que Conrad avait, lui aussi, un faible pour ce mot. Un « conte » avait quelque chose de plus séduisant qu'une « histoire », cela sans doute parce qu'il suggérait qu'il n'était pas entièrement fidèle à la vérité, qu'il pouvait comporter une plus grande part d'invention.

Restait en arrière-plan une question au sujet de chacun de ces mots — conte, histoire et même récit —, à savoir, quelle était la part de vérité dans chacun d'eux. Sans oublier le mot « fiction » — un jour, ce serait son domaine — qui, lui, pouvait sembler nier toute part de vérité. Fiction absolue ! Et pourtant, quelque chose qui appartenait de toute évidence à cette catégorie pouvait contenir sa part de vérité — c'était là l'essentiel et aussi le mystère. Après avoir lu ces trois œuvres, elle sentit qu'elle pouvait dire que *Dr Jekyll et Mr Hyde* était plus conforme à la vérité que *L'Île au trésor* ou *Enlevé !*, même si, selon certains, c'était la plus bizarre et à coup sûr la plus effrayante des trois.

« Raconter des histoires » pouvait signifier concocter des mensonges purs et simples. Comme « débiter des histoires ». « Histoires » semblait le terme le plus approprié pour désigner ces livres d'aventures de la bibliothèque de Beechwood qui, au début, l'avaient attirée. Se demander s'ils correspondaient à la réalité eût été absurde. Il s'agissait d'histoires. Le mot lui-même dégageait des effluves salés, propres aux marins et à la mer. Nombre de ces « livres pour garçons » qu'elle lisait parlaient d'une manière ou d'une autre de partir en mer — d'un voyage, d'un pays inconnu — comme si c'était là l'essence même de l'aventure, le rêve de tout jeune garçon. Et Joseph Conrad semblait précisément avoir été l'un d'eux.

Elle aimait aussi le mot « jeunesse ». Disons plutôt qu'il représentait un défi pour elle car il ne ressemblait d'aucune façon évidente au titre d'un conte, d'une histoire, d'un récit — ou d'une aventure. Il semblait plutôt exprimer une simple idée. Cependant, lorsqu'elle avait feuilleté pour la première fois *Jeunesse* dans la bibliothèque de Beechwood, le texte lui avait paru centré essentiellement sur la vie en mer, un rappel de ces longues histoires qu'elle connaissait déjà. Sans doute l'un des garçons Niven, peut-être un jeune homme à l'époque, avait-il pensé la même chose, bien qu'il fût clair qu'il n'était pas allé très loin, si tant est qu'il l'eût ouvert. À la différence des autres ouvrages de la bibliothèque pivotante, il semblait neuf. On pouvait même lire, écrit à l'encre bleu foncé, aussi net que si cela datait d'hier, « J. Niven, oct. 1915 ». Sans doute fallait-il voir là une autre raison pour laquelle elle avait choisi cet ouvrage.

Elle eut bientôt l'impression que l'on pouvait, d'une façon générale, qualifier Conrad d'auteur « ardu ». *Au cœur des ténèbres*... Peut-être J. Niven avait-il partagé son opinion. « Auteur ardu » ne faisait pas encore partie de son vocabulaire critique, c'était encore moins une expression qu'elle aurait imaginée pour elle-même. Elle y verrait alors un compliment, mais, bien sûr, certains l'employaient dans un sens péjoratif. C'était une autre façon de dire « rébarbatif ». Eh bien, c'était là leur foutu problème.

« Conrad... » disait-elle quand elle répondait à l'une de ces sempiternelles questions. « Ah ! oui, il n'avait pas son pareil. » Comme si elle parlait d'une personne qu'elle avait rencontrée. Ce qui, en un sens, était vrai.

« Ah oui, Conrad... J'adorais ces histoires de marins.

— Mais c'est plutôt un auteur pour hommes, non ?

— Et alors... ? »

L'autre raison pour laquelle elle aimait le mot « jeunesse », c'était, bien sûr, parce qu'elle l'avait alors, cette jeunesse. Elle faisait partie des « jeunes », même si cette notion de « jeune », comme celle de ces longs récits, avait une connotation fortement masculine. Un homme pouvait faire partie des « jeunes gens », mais une femme ? Mais, si l'on y réfléchit, en 1924, tout avait une connotation masculine.

Restait toutefois une question — et cette notion de

jeunesse semblait dotée d'assez d'élasticité pour s'en accommoder —, quand la jeunesse commençait-elle et quand se transformait-elle en autre chose ? Mais à vingt-deux ans, jeune, elle l'était sans conteste. En 1924, le siècle lui-même était encore jeune... Mais, en réalité, c'était loin d'être le cas. Sa jeunesse, voilà précisément ce que ce siècle avait perdu. Décimée.

Certes, en 1924 on pouvait soutenir que Conrad était démodé, dépassé. Des voiliers ? L'Orient exotique ? Ne savait-il pas ce qui était arrivé au monde ?

Mais c'est vrai qu'il n'avait pas son pareil. La nuit qui suivit le dimanche des mères 1924, incapable de dormir ou de se reposer, elle avait repris la lecture de *Jeunesse*. Que pouvait-elle faire d'autre ? Pleurer ? Et se remettre à pleurer ? Sur la planche qui lui tenait lieu de lit ? Les gens lisent des livres pour échapper à eux-mêmes, pour oublier leurs problèmes, n'est-ce pas ?

Or ce texte était, sans vraiment l'être, un récit d'aventures. Il était à part, il était spécial. Il parlait de cinq vieillards bourrus assis autour d'une table à raconter des histoires. Ils avaient mené des vies différentes, mais tous avaient pris la mer jadis, dans leur jeunesse. Elle imaginait ces hommes, leurs visages ridés. L'un d'eux s'appelait Marlow. C'était lui le narrateur. En fait, l'ouvrage n'avait rien d'un récit d'aventures. Il s'agissait d'un vieux rafiot sur lequel s'acharnait le sort, il ne sortait guère des eaux troubles territoriales, mais un beau jour, à la fin de la nouvelle, une fin qui était aussi une sorte de début, il parvenait en Orient.

Après avoir terminé *Jeunesse*, et avoir même réussi à lire *Au cœur des ténèbres* — un texte vraiment difficile et qui ne ressemblait en rien à ce qu'elle avait lu jusqu'ici —, elle comprit qu'elle devait se procurer d'autres ouvrages de Conrad, aussi écrivit-elle à une librairie de Reading qui vendait des livres par correspondance. Elle avait gardé la demi-couronne que lui avait donnée Mr Niven, sans parler d'autres demi-couronnes qu'elle avait mises de côté. Elle pouvait envoyer un mandat postal depuis le village. Qui sait si cette initiative hardie n'avait pas éveillé en elle une idée : une librairie... Tiens, oui, une librairie...

Elle acheta un ouvrage intitulé *Lord Jim*, qui rappelait *Jeunesse*, en plus long — et plus ardu. Il était présenté comme un « conte ». On y retrouvait Marlow et l'on était tenté de croire qu'en réalité sous son personnage se cachait Conrad. Elle acheta ensuite *L'Agent secret*, une œuvre complètement différente, dans la mesure où l'action ne se déroulait pas en Orient et n'avait rien à voir avec des bateaux, mais se situait dans les quartiers sordides de Londres. Elle vous donnait cependant l'impression de pénétrer dans un territoire inconnu et peut-être dangereux qu'elle eût qualifié de « conradien » si ce mot avait fait partie de son vocabulaire.

À l'époque, elle voyait dans Conrad lui-même une sorte d'agent secret qui naviguait entre plusieurs mondes. Beaucoup plus tard, elle penserait, et dirait parfois, que tous les écrivains sont des agents secrets. En vérité — mais elle ne le dirait pas — nous sommes tous des agents secrets, oui, voilà ce que nous sommes.

Quoi qu'il en soit, la lecture de *L'Agent secret* terminée, elle avait décidé en secret — si fou que cela pût paraître — de devenir écrivain. Les secrets, ça la connaissait.

Comme elle le découvrit, Conrad n'était pas son vrai nom puisque en fait il était polonais. Il avait donc un nom un peu comme le sien. Ce n'était pas non plus un nom de plume, simplement son nom « anglais ». Mais le plus remarquable, le plus étonnant au sujet de Joseph Conrad, c'est que pour écrire tous ses livres il lui avait fallu non seulement apprendre à écrire, mais à écrire *dans une langue entièrement nouvelle.* Un véritable exploit. Cela revenait à franchir quelque barrière infranchissable — insurmontable — et elle sentait que c'était là pour lui l'essentiel, son plus grand accomplissement, sa véritable aventure, quelque chose de plus important que tous ces voyages de jeunesse, plus excitant même que d'atteindre l'Orient.

Franchir une barrière impossible, n'était-ce pas ce qu'elle devrait faire pour devenir écrivain ? Elle aussi aurait à dépasser cet obstacle, aurait à trouver un langage, bien qu'elle en *possédât* un, car trouver un langage, trouver *le* langage, c'était, comme elle finirait par le comprendre, l'essentiel de l'écriture. Cependant, elle exprimait rarement ces idées-là dans les interviews, elles la touchaient de trop près.

« Conrad... Oui, bien sûr. Il avait quelque chose de particulier », disait-elle, comme s'il se fût agi d'un ancien amant.

À vrai dire, au cours de ses derniers mois à Beechwood, avant qu'elle « aille à Oxford », quelle ne fut pas son émotion d'apprendre que ce Joseph Conrad, né en

Pologne et grand coureur des mers, était encore de ce monde et ne vivait pas loin d'elle, dans la campagne anglaise. Une émotion qui n'allait pas durer longtemps, bien qu'elle ait eu la chance de la vivre, car, un matin d'août 1924 — et ce fut comme un choc —, elle avait lu dans le journal, avant de le replier et de le poser sur la table du petit déjeuner de Mr Niven, que Joseph Conrad était mort.

Et en fait (même si elle n'en parlait jamais dans ses interviews, ni à qui que ce soit), tous les portraits de Joseph Conrad — le Conrad de l'âge mûr — qu'elle eut l'occasion de voir l'avaient fait tomber amoureuse de lui. Son air grave, sa barbe, son regard qui semblait se porter aussi bien au loin qu'au plus profond de lui-même. Elle était allée jusqu'à imaginer comment ce serait d'être au lit avec lui, simplement allongée à ses côtés, en silence — un Conrad nu, vieillissant —, tous deux regardant la fumée de leurs cigarettes s'élever et se confondre au plafond, comme si cette fumée recelait une vérité qui les dépassait.

Le premier soupir de l'Orient sur mon visage. Jamais je ne l'oublierai.

Elle deviendrait écrivain. Elle écrirait des livres. Elle écrirait dix-neuf romans. Elle deviendrait même un « écrivain actuel ». Mais combien de temps reste-t-on « actuel » ? C'était comme le mot « jeunesse ». De toute façon, était-ce là le but de l'écriture : l'« actualité » ? Elle connaîtrait diverses époques, divers changements, elle en parlerait dans ses livres. Elle vivrait jusqu'à plus de quatre-vingt-dix ans, presque cent ans, et, vers la fin de sa vie, lorsqu'elle développerait un côté incontestablement malicieux et qu'on l'emmènerait une fois de plus dans son fauteuil roulant — « Jane Fairchild à quatre-vingts ans », « Jane Fairchild à quatre-vingt-dix ans » —, elle mentionnerait les noms d'écrivains du passé comme si, jadis, ils avaient été ses amis.

Toutes ces scènes. Celles de la réalité et celles des livres. Et toutes celles qui se situaient à mi-chemin, car vous ne pouviez que les imaginer quand il s'agissait de la vraie vie. Comme essayer d'imaginer sa mère. Ou seulement ce qui, à votre avis, aurait pu se passer si les événements avaient pris un autre tour, autrefois, il y avait bien longtemps. Elle aurait pu l'accompagner, les choses auraient pu s'arranger comme par magie, et elle serait là, serrée contre lui, derrière la barrière, dans la fraîcheur du matin, alors que le soleil tapissait de ses feux les collines et que Fandango approchait, naseaux palpitants estompés de vapeur, sabots martelant le sol. Peut-être l'avait-elle compris et gardé à jamais en mémoire. La quatrième jambe ? La quatrième jambe était sienne.

Dans ses romans, elle raconterait beaucoup d'histoires. En ses dernières années, ses années d'insouciance, elle se mettrait même à raconter des anecdotes de sa propre vie, et cela d'une telle façon que vous ne saviez jamais si elles étaient authentiques ou inventées. Il en était pourtant une qu'elle tairait. Sur certains sujets, elle garderait le même silence opiniâtre qu'Ethel (qui finirait par devenir Edith). Aussi silencieuse, présumait-elle, que Joseph Conrad qui, en dépit de son génie de conteur, aurait tu certaines choses, allongé là, à ses côtés, prodigieuse écorce, vide de son homme.

Raconter... Conter... Voilà qui sous-entendait que vous faisiez commerce de mensonges, mais elle-même prendrait toujours à tâche d'aller au vif, au cœur, à l'essentiel : de faire commerce de vérités. D'une certaine façon, Donald, ce pauvre Donald qui lui avait été enlevé quarante ou cinquante ans plus tôt, n'avait-il pas, lui aussi, œuvré à cela ?

Mais assez de ce baratin, de ces questions pièges des interviews. Et en quoi cela consistait-il, de dire la vérité ? Il fallait toujours leur expliquer jusqu'à l'explication ! Et toute femme écrivain digne de ce nom les duperait, les taquinerait, les mènerait en bateau. N'était-ce pas évident, nom d'une pipe ? Cela revenait à être fidèle à l'essence même de la vie. Cela revenait à capter, si impossible que ce fût, la sensation d'être en vie. Cela revenait à trouver un langage. Il en découlait que dans la vie beaucoup de choses — oh ! bien davantage que nous ne l'imaginons ! — ne sauraient, en aucune façon, s'expliquer.

Composition PCA/CMB.
Achevé d'imprimer
sur Roto-Page
par l'Imprimerie Floch
à Mayenne, le 9 février 2017.
Dépôt légal : février 2017.
1er dépôt légal : novembre 2016.
Numéro d'imprimeur : 90743.

ISBN 978-2-07-017871-1 / Imprimé en France.

319713